by Sophia

S o p h i a 作品集16

We Are Most Alive When We Are in Love

寂寞的微光之中

我們降落在一顆寂寞的星球，即使肩靠著肩也還是寂寞。

在這個星球上，寂寞是無法被消弭的，唯有理解彼此的寂寞，才能從擁抱中汲取對方的溫度。

你、寂寞嗎？這裡是不需要這個問號的。

我們尋求的並不是不寂寞，而是一個能夠讓自己感覺溫暖的擁抱。

以及一個，讓自己感覺即使寂寞也無所謂的人。

即使抱著你還是寂寞，我也不願意放開手。

你說、你會是那個人嗎？

01

蹺掉了體育課，帶著新買的小說走上了四樓，樓梯轉角那張斑駁的「禁止進入」始終沒有被吹落，每次經過總感覺下一秒鐘那張紙就會垂落下來，卻一如既往地以如此的邊緣性留在牆上。倒不如說我們都是踩在這種邊緣性上的。

四樓是社團活動時間才開放的教室，事實上除了每週四下午倒數兩節課的一百二十分鐘，根本沒有人會特地走進這如同廢墟一般的場域。

推開了某扇沒鎖上的窗，伸手轉開了裡面的門鎖，推開門的瞬間總會湧上一種氣味，並不是廢置的味道，而是一種空虛。

拉開了牆邊的椅子，並沒有開燈，陽光已經夠刺眼了，我翻開夾著壓花書籤的那一頁，恰好是第二章節的開始。

開始。我們述說的總是第二章節的開始，而非第一章節的結束。

相互銜接的兩者，人們總是太過輕易地踏向某一邊，如同那天的那束花，被姊姊倒吊起來的同時，我說、乾燥了之後只是更噁心罷了，但那份高漲的心意確實地持續到了水分盡失的那一秒鐘。她皺了眉，最後還是把轉為咖啡色的花束扔進了垃圾桶。

真是白費氣力的感情。

翻開了下一頁，故事是一個喜歡畫畫的男孩，和一個聽不見的女孩，他們拿起筆無聲的對談，在空氣的流轉之中，筆下、眼中、手上都沾染了彼此的意念。

如果能在眨眼之間就能理解對方，如果真的有那麼一個人的話。

在我這麼想著的時候，抬起眼看見的是另一個走進的男孩，他安靜地看了我一眼，便筆直走向教室裡的櫃子，拿了幾樣東西之後同樣不發一語的離去。

我看過他好幾次，因為是隔壁班的關係。

印象中他是個沉默的男孩，偶爾會看見他淺淺的笑，但總感覺那僅止於一種社交性的應對，也說不定那是他嘴角僅能勾起的弧度。

總之我喜歡觀察人，但不喜歡跟人打交道。這樣的性格總會帶給其他人冷眼旁觀的感受，我並沒有冷眼，我只是旁觀罷了，但這兩者間的差異，當我和他們不站在同一個圈圈之中的時候，一點意義也沒有。

所以我通常是獨來獨往，和大多數的人關係並沒有不好，只是不很熱絡罷了，就像是點到為止那樣，只要微笑就好了。也只有微笑這麼多了。

然而很多人根本分辨不出這樣的弧度只有禮貌性這麼淺，連一點愉悅的深度也沒有，所以當對方帶著太過氾濫的感情靠近時，察覺到我往後退的腳步時必然會湧生不悅的感受，有些人感到受傷，有些人感到憤怒，雖然大多數的人都說著無所謂、無所謂，但只要是被拒絕都不會是愉悅地激起。

我只不過是不接受罷了。

如果連不接受的權利都沒有，那麼在我的身軀之中究竟要被填塞多少廢物多少殘渣呢？

鐘聲響了。

其實大家早就明白我說身體不舒服到保健室只是一種藉口，但不要涉入就不會引起麻煩，所以一直以來我都遊走在這種邊緣。並不是默認，事實上是另一種冷漠。

我合起書，一階一階踏往二樓的教室，越來越吵雜的聲音，我的周圍像是被罩上玻璃罩一般，就像是小王子罩起玫瑰花那樣，即使那麼近、連移動都不必就能觸碰地貼近，傳達到我肌膚上的卻是一種遙遠的震動。

然而那層玻璃罩並不是小王子帶著呵護的心思替我蓋上，而是我將自己放在近乎真空的透明容器中。

對了、因為意識到這是一顆寂寞的星球，所以無論如何都還是寂寞，那麼就乾脆省下那些愛啊恨啊的氣力。單純的寂寞就好。

單純的、寂寞就好。

並不是因為想讀書才走進圖書館，只是不想那麼早回家罷了，讀書只是連帶的反應動作。

時常我們都不是為了做某件事而去做，而是因為不想做另一件事才選擇了這一邊，大抵是因為不喜歡地理歷史才選了自然組，因為長頭髮麻煩才剪了短髮，因為不想回家所以每天都走進圖書館……

我的人生中，絕大多數的選擇都不是直行的選擇，而是刪去後的結果。

堆積起來的自己，不過就是殘餘物罷了。

殘餘。在計算紙上反覆書寫這兩個字，寫著寫著就開始感覺這兩個字越來越陌生，就像是盯望著某一個字久了，就會覺得這個字不像自己印象中的構造，越凝望越陌生，這麼矛盾的事很多人都不在乎，移開目光就好，是這樣想的吧。

然而如果是人呢，自己的眼光聚焦於某一個人太久的話，是不是越來越無法理解對方呢？

越凝望著你，就越感覺陌生呢。

我們所看見的問號，始終比找到的答案多。

「還有剩下。」

在我持續書寫之中，另一張計算紙被推到了我的眼前，還有剩下，這麼看待殘餘這兩個字也太過積極樂觀。我抬頭望向紙張傳來的方向，是他、今天在四樓遇見的那個人。

「我不知道你這麼積極樂觀。」

將紙推回到他的面前，他依然面無表情，很認真地讀著世界歷史，接過紙之後看了我一眼。

「一直看著殘餘兩個字，就真的什麼都不剩了。」

我再也沒有回傳那張紙給他。

那到底、我還剩下什麼呢？如果這麼寫，無論是誰都回答不出來吧。

「吃過晚餐了嗎？」

「嗯。」

應了媽的問號，停留不到三秒鐘的時間我就轉身上樓，不管是爸媽或是姊姊，都會當作這是青春期的冷漠吧。

「一天聽妳說的話連五個字都不到，是這麼省話啊。」

「幹嘛？」

「媽要我端來給妳的。」姊把水果放在桌上之後，拉了張椅子坐下，似乎沒有離開的意思。

我坐到書桌前，拿出今天預定要念的書，反正姊要說什麼自己就會啪啦啪啦的說出口，摀起耳朵她還是會扳開我的手，要是她覺得無聊就會自己離開，所以我根本沒有必要特別作些談話的努力。

有時候覺得家人是很專橫的存在，明明什麼努力都不用，就因為血緣這兩個字不得不背負起對方的重量；然而正是因為從小一起長大，並且懷抱著「反正不管怎麼樣她還是會站在我這邊」的信念，反而更能夠理解對方。

「欸，妳有男朋友嗎？」

「沒有。」

「妳已經十七歲了吧，不談戀愛太浪費了吧。」

「我明天有考試，要念書。」

「反正妳每天都有考試不是嗎？書念那麼好，也該談下戀愛調劑身心吧，不然以後會變成怪人的。」

大概又是姊的心血來潮，說完之後很愉悅地就離開了我的房間。「關門。」但我的聲音還是比她的腳步慢了一些，於是我只好起身掩上她從來都是敲了兩下就直接打開的門，一點隱私也沒有的空間，如果鎖上的話，只會引來哪個人更大的窺探心罷了。

翻開英文課本，密密麻麻的註解和他抄在黑板上的補充資料。實習老師。這是掛在他頭上的名稱。

第一次見到他並不是當他站在講台上自我介紹的時候，但卻是第一次聽見他的名字，略顯低沉卻充滿精神的震動，彷彿每一個從他口中滑出的字詞都染上一些笑意。

他始終在笑。

「大家好，我是新來的英文實習老師，許浚羽。以後我每週會來上四節課。」

看著講台上的他，坐在第三排的我，這種只要跨步就能到達的距離，卻沒有辦法抬起腳步。

走到身邊又能怎麼樣呢？

「老師、這個關係代名詞用在這裡對嗎？」

「嗯，除了這裡之外，省略也沒有關係，不過這是個很好的問題呢。」

最後結束在他的微笑上。其實從來沒有開始過吧。

沒有開始就不會有結束。

那是暑假的某一個下午，穿著不透氣的襯衫，額際冒出了小汗滴，校門和圖書館的距離只有短短十分鐘，在烈日之下卻比三十分鐘的路途還要遙遠。

沒有風沒有雲甚至沒有人。

畢竟暑假也才剛開始，不會有多少人出現在校園裡。但我卻最喜歡空蕩蕩的學校，熟悉卻陌生的氛圍，只要站在中間似乎就會感覺其實生活並不是一成不變。而我也不是膠著在某一點之中。

現實之中最讓人感到恐懼的並不是像流沙一般的下墜感，相反的卻是被扔進果凍凝膠一般的半透明凝固物之中，那種狀似能夠移動，卻比動彈不得還要緊繃的臨界，我們拚了命的抬動身軀，那股巨大的阻力擋住的其實不是我們的肢體，而是我們的情感。

因為半透明的緣故，所以其實是能夠沒有阻隔地看見外界的，然而卻從來就不是直行的光線。扭曲折射或許是一種意識上的失真。

我們。**其實失真的是反射回來的自己。**

好安靜。因為圍牆外的車聲反而讓這個被圈圍住的場域更加安靜。

「不好意思，請問一下教務處往哪邊走？」

也因此，在如此安靜的畫面之中，不期然出現的他的聲音顯得難以忽視，很輕易就能記住了吧，因為是那時候唯一的聲音以及，唯一的身影。

穿著整潔襯衫和咖啡色卡其褲的他，因為逆光的緣故，我看見他的第一眼是鑲嵌在熾烈的金黃色之中，反光的是他嘴角上揚的弧度。

那也是唯一一次，我和他都穿著便服站在對等的位置對話著。

「左邊，沿著走廊走就會看到了。」

「謝謝妳。妳是這邊的學生嗎？」

「嗯。」

「我是新來的實習老師，今天是來報到的，說不定我們會再見面呢。」

……是嗎？

「謝謝妳了，那我先走嘍。」

然而那個時候，他踏離的腳步走向教務處的方向，另一方面卻走進了我的思緒，我想是空蕩蕩校園的關係吧，因為沒有人，所以唯一出現的他，就這麼輕易地被冠上了唯一。

站在原地看著他離去的方向，越來越小的背影，最後終於收縮成一個小點，而後踏離我的視野。從他踏進與踏出這短暫的時間之中，也許連五分鐘都不到，但所謂的記憶強度，並不是藉由秒數的堆積而在腦中留下更深的痕跡，就只是那瞬間敲擊的力道。

越是短暫卻是深刻。

或許我所記憶住的並不是那五分鐘或是三百秒，單純只是在陽光中反光著他的微笑那瞬間。

我轉過頭，刻意放慢腳步跨向圖書館，和教務處反方向的目的地，或許也意味了打從一開始，我們就註定背道而馳。

但那又怎麼樣呢？

是啊、那又怎麼樣呢？

在我們的生命之中，想得到的太多，而不能得到的更多。

如果把所有的籌碼都往前一推，能不能換來那唯一一次豪賭的機會？

但到底我又有什麼籌碼呢？這麼想想都覺得自己很可笑。

躺在浴缸裡看著自己泡得發皺的十指，暈黃燈光下其實根本辨認不清自己確切的膚色，因為水因為燈光的失真，都可以透過物理性來解釋，然而源自於本身情感性透鏡所曲折的光線，到底還是一種自欺欺人。

因為不一樣的緣故吧。

站在一群高中男生之中，或是一群邁入中年的教師之中，無論從哪個角度來看，他都是太過突出的一個人。所以投注於他比其他人多的視線，並不是太難理解的事，班上的那群女生也是如此，成天淩羽淩羽親暱地談論著，然而當他出現在教室時，卻沒有一個人敢跨過那道界線。

大概就是一種想像性的存在。

趨於理想卻遙不可及，這樣的存在確實讓人無法移開眼光。如果是這麼簡單就好了。或者、如果我也是那群女孩子之中的一個就好了。然而說著如果、如果，這樣反覆地說著一千遍，那些如果也依然是如果。所以這麼看著他就好了吧，一直坐在講台下，懷抱著一點不切實際的幻想，等到畢業之後、或者他結束了實習離開學校之後，本來就從未交叉的兩條軌道，遠遠地錯開之後，就能夠當作過去簡單地說再見吧。

本來我就沒有抱持著任何期盼。

很多時候其實我們只是想簡單地愛著一個人、看著一個人就好，任何貼近或者跨步都不需要，我們渴求的是一份愛情的感動與引發愛情的那個存在，是不是能夠真切的擁抱或許已經是順位的末段了。

因為每個人都寂寞的關係，所以如果有一個出口能夠輸出寂寞，或者有一個源頭可以當作寂寞的開端，那麼就能夠說服自己其實寂寞並不是從自己身軀之中滋生的。

我們需要的只是一條通道。

讓自己相信寂寞不是沒有出口的通道。

假使寂寞有所出口，那麼我們就能期待在通往那道出口的路途之中，有一個人帶著溫暖微笑等候著我們吧。

其實我要的並不是出口，也不是愛情，只要有你的微笑就好。

如果真的這樣說出口的話，就連自己都會看不起自己吧，明明連注視都得那麼小心翼翼，憑什麼大聲地高喊呢？

到底是憑什麼呢？

「妳是那天的女生吧？穿便服跟穿制服果然差很多呢，又見面了呢。」

「嗯。」

「但是沒想到我會是你們班的實習老師呢。總共我也只有兩個班級而已。」

「嗯。」

「妳很安靜呢，還是因為跟老師沒有話聊的關係？抱歉，是不是佔用妳太多的時間了？」

「我只是，」只是什麼呢？我安靜地吸了口氣。「我只是突然不知道該說些什麼。」

看著他太過耀眼的笑容，其實就算沒有陽光也還是讓人張不開眼睛呢。

在他眼中所看見的我，不論有沒有穿上制服都也只是一個學生罷了，然而對我而言，當我穿著制服站在他的面前，就算和他之前只有距離一個跨步那麼遠，阻隔的卻像是用了跑百米的速度也還是到達不了那麼遠。

在我和那之間的那一個跨步，並不是平面上的距離。而是如同懸崖般的斷層，只要再往前一公分，就會什麼也不剩地全部往下墜落。

對了、連我的名字也不知道的他，就算我往下墜落他也喊不出來吧。

世界是很不公平的。情感性的存在正是構成這種失衡的最大主因。

我們的緘口不語，我們的太多話語，到底是為什麼始終拿捏不好適當的量呢？給的愛太多、付出的感情太少，最失衡的是我將所有的意念彌封在不可透光的核心，而對方連內容物是什麼都不知道。

就像原子核一般，一顆原子的重量全部集中在那幾乎不可見的一小點，質點，在愛情之中的質點如果沒有捧好，一摔落根本沒有人能夠承接得住。寂靜。

無聲。卻徹底地崩毀。

不過就是那一個反光的瞬間，為什麼重量會這麼沉重呢？

為什麼能夠斷定是愛情呢？

到底為什麼要是站在我面前的這個人呢？

這麼多的問號，從來在愛情之中就不可能得到解答。我們只能接受愛上的事實。除此之外，連抹滅的權利都沒有。

「去你的孟可藍，去你的愛情，馬的妳到底為什麼要把自己搞得那麼言情，悲慘個屁啊，自己繞圈繞到死都不會有人看見。」

放學後的美術館頂樓根本不會有人踏上來，我對著透著微光的天空大喊，連我自己都沒辦法同情自己。

「叫那麼大聲，一樓在趕美術展作品的美術班新生會聽見的。」

沿著聲源，我看見他坐在樓梯的陰影之中，只掛著一邊的耳機，大概、每一個字都清清楚楚地傳進他的耳中了。

「既然一開始不出聲，幹嘛不打死裝作沒聽見。」

「因為聽見了。」他掛起了另外一邊的耳機，「四樓教室放學就會鎖起來，安靜又沒有人的地方只剩這裡了，但常常會遇見妳在這裡大吼大叫。」

所以這個人到底是聽見了多少？

「所以呢？」

「沒什麼，只是想提醒妳這陣子樓下會有學生待到很晚而已。我沒有興趣干預妳的生活。」

看了他一眼，我比剛才更用力地大喊。「全世界都聽到好啦，去你的愛情，去你的遙不可及。」

就算樓下美術班的學生聽到又怎麼樣？沒有人會耗費時間爬上四樓來的，就算會帶著窺探的心思等候是誰走下樓梯，但也只敢用斜眼瞄望，如果能光明磊落一點地觀看，說不定我的心情反而會因而得到宣洩。

他並沒有再說話，只是安靜地聽著他的MP3，我把身體半掛在欄杆上，其實是很想哭的，要是能夠流下眼淚大概會輕鬆很多，但是就是沒有辦法呢，我好像、已經沒辦法好好地讓自己掉下眼淚來了呢。

如果全世界的人都能夠像他一樣冷漠但直接地說出「我沒有興趣干預妳的生活」，那麼我是不是就能夠奮力跨過那一步？

但我根本沒有被賦予投下賭注的資格。

「孟可藍、對吧？」

「嗯。」視線從手上的書移往站在我面前的女孩子，並不是我能喊出名字的人。

「篠田真由美啊，我也很喜歡她呢。」

「有什麼事嗎？」

「對了，我是隔壁班的，許老師是我們班的小導，是他說我可以來找妳問看看的。」

小導？我想起隔壁班導師是帶許浚羽的英文老師，但到底是要問我什麼，我根本就聽不懂眼前這個女生說的話。

「問我什麼？」

「就是這期的校刊，我們打算加幾篇英文文章進去，許老師說妳的英文很好，可以問看看妳願不願意幫忙。」

「我對校刊沒有概念。」

「嗯、如果可以的話，可能就是請妳幫我們挑幾篇文章，或者在同學作品之中選幾則出來，雖然一開始是拜託老師，但是老師和社長都覺得還是由學生自己來處理比較好。雖然很突然，但可以請妳幫忙嗎？當然、許老師也會幫忙的。」

是嗎？

有些人就是無心地把別人拉到自己身邊，接著讓對方以靠得不能再近的距離看清所謂的不可能三個字。

因為這麼近，所以連撇開頭的動作都沒有辦法，連自欺欺人的餘地也不留。什麼話都不必多說，起點是一個簡單而無心的微笑，然而同時也會是這樣的微笑讓對方陷得更深，最後更是因為相同的微笑讓對方跌落全然無望的黑洞之中。徹頭徹尾就是那麼一個簡單而無心的微笑。

流轉的我的心思，我想他是一輩子都不會察覺，所以我便會永遠無法抹去那樣的弧度，而在他的記憶之中，我的存在便如同偶然的一筆記事，在流水帳之中三言兩語即可帶過。

然而卻正因為是如此的遙不可及，卻更無法鬆手。就算只能得到不屬於我的微笑也好。

真是去你的犧牲奉獻。去你的愛情。

「嗯，是可以。」

「真的嗎？太好了，那今天午休可以請妳到三樓的會議室來嗎？我們通常都在午休時間討論，這樣就不會佔用到放學之後的時間了。喔、對了，忘記自我介紹了，我是校刊社的副社長，我叫張念悠，大家都叫我悠悠。」

「嗯。」

「那今天中午見嘍。」

女孩帶著爽朗的笑容走出了我的視線，我將注意力轉到了小說的字句之中，然而心緒卻全然無法定下，在腦中浮動的不僅僅是許湲羽的笑容，還有打亂我晨光的女孩的微笑。

如果我也能夠這麼簡單地微笑著，會不會我的人生能夠簡單一些呢？

融入一群女孩之中成為辨認不清臉孔的其中之一，聊著哪個偶像哪首歌，或是衣服鞋子包包，張揚地笑著大肆炫耀著自己的青春，如果能夠這麼毫無所覺的浪費自己的歲月，說不定比一步一步注視著自己的移動來得輕鬆快樂。

因為辨認不出臉孔，所以也就不必以太過精準的眼光來凝望自己，那些不願意面對的事實，也能夠視而不見繼續肆無忌憚地笑鬧著吧。

所謂的青春。就是什麼都能抓握也什麼都能放棄的張揚。

然而從那一天起，我的人生早就已經無法順著如此輕快爽朗的步調進行，像是帶著演奏輕鬆舞曲的心思，最後流瀉而出的卻是悠長的奏鳴曲。從彈錯的第一個音鍵作為最初的開端，不、我想其實在按下之前就已經無法挽回了。

如果能夠回到那一天的話。

這麼想著的我，其實很可悲吧。因為從來就已經是不可能達成的盼望了。

「可藍可藍可藍可藍！」

「幹嘛啦，叫一聲就聽到了，幹嘛那麼激動啦。」

「跟妳說跟妳說，我看到今天轉來的那個新轉學生了，很漂亮耶，不過感覺很難親近。」

「是喔。反正等一下就會看到了啊，特地跑去辦公室跟別班的人湊什麼熱鬧。」

「聽說啊，她是被強制轉學的耶，但沒有人知道為什麼。說不定是不良少女之類的，不是常常因為欺負同學結果鬧得太大，所以不得不轉校嗎？」

「再怎麼樣妳都不會被欺負的啦。」

「真的很沒有同學愛耶妳，欸欸欸、她來了，就是她就是她。」

筱清壓低了聲音，在老師和轉學生站到講台上之前就已經安坐在自己的位置上，用著比上課專注一百倍的眼睛看著講台上的兩個人。

不良少女？

她確實是相當漂亮的一個女孩子，但也像筱清說的那樣，一眼就能知道她和其他人的距離遠得比陌生人還要遠。沒有特別的打扮，制服也很整齊，說不定因為是新制服的緣故讓她散發著更難靠近的味道，總之她沒有笑，一直到她再次離開這所學校之前我都沒有看過她笑。

「她是今天轉來我們班上的同學，劉襄恩。嗯、可藍旁邊位置是空的，妳就先坐那邊吧，每次考完試都會換一次位置。」

在她面無表情也毫不在意全班窺探眼光的無聲腳步之中，老師的聲音劃破了她腳步的沉默。「可藍妳要好好照顧新同學喔，襄恩妳有問題都不用客氣，可藍一定會幫妳的。」

真是，話都是老師在說的。接著我試圖以最和善的笑容給她一個美好的開端，但得到的卻是她冷冷的一個注視，不是敵意而是疏離，就是那種「全世界都不要接近我」的訊號。

而我、準確無誤地接受到了。

十五歲的我，這十五年來的人生一直都是輕快而充滿光亮的，所以看著那樣的劉襄恩，我的笑容僵在不上不下的瞬間。

大概是我無法理解的路程吧，從她那裡到我這裡。

「嗯……我是孟可藍，大家都叫我可藍，我可以叫妳襄恩嗎？」

「隨便妳。」

「呃、這樣啊，那我就叫妳襄恩了喔。如果妳有什麼問題的話都可以問我，雖然可能沒有辦法全部解決，但是小事我還是可以幫忙的。」

「妳不用因為老師的幾句話，就把我當作妳的責任。我不需要。」

「我只是、只是……」

「可藍算了啦，」筱清把我從劉襄恩的座位旁邊拉走，「下一節是音樂課，再不去會遲到啦。都對她那麼客氣了，還擺那什麼臉，又不是欠她的，妳就不要管她了啦。」

那一節音樂課劉襄恩並沒有出現，她從來就沒有出席過音樂課。就算她很討厭體育課，她還是會坐在一邊的陰影下，唯獨音樂課，就算是期末考結束之後老師不上課只播放電影，她也從來沒有踏進音樂教室一步。

「無論如何都不想踏進音樂教室那種地方，無論如何都不想。」

很久之後她這麼告訴我。那個時候她的眼淚很安靜地從頰邊滑落，她的情緒一向異常的安靜，因為就算大喊也不會有人理解，所以就習慣一個人安靜地懷抱那些情緒，大概要等到現在我才終於能明白當時太過早熟的她的心思。

寂寞太安靜。就算低聲叫喊也會驚擾了好不容易才能無波的寂寞。

一直到了期中考結束之後，我也還是沒有跟她說過話，事實上她似乎沒有跟班上的任何一個人說過話，就是一個人走著一個人坐著一個人呼吸著，這樣活在只有一個人的世界之中，也還是死不了不是嗎？她是這麼說的。

然而我知道，她絕對不是這麼想的。

但是知道又能怎麼樣呢？那時候的我無法拉她一把，現在的我也沒有辦法拉自己一把，所以就算知道了又能怎麼樣呢？

反而因為知道了，所以更明白自己的無能為力。

「劉襄恩……？」

因為和學校的狗玩得太晚的緣故，意識到的時候已經快天黑了，我小跑步著就怕自己的腳踏車已經被鎖在車棚裡，我一點也不想走路回家。

經過音樂教室的時候，我看見劉襄恩坐在音樂教室前的那張長椅，事實上那張長椅是屬於音樂性社團練習空間的設施，所以恰好隔著一段能夠看清音樂教室但卻必須跨上好幾步才能到達的距離。

對於劉襄恩而言，這樣的長度正好能夠踩在她記憶的邊緣吧。

她抬起頭看了我一眼，並沒有移動或任何言語的打算，接著她閉起雙眼，輕輕將頭靠在一旁的柱子上。這樣的一個動作，斷然地阻隔了我的靠近。

然而我並不是走向車棚，而是走向她的身邊。

在她左邊坐下，我說：「我身上都是小狗的味道呢。」

「該努力的人連掙扎都沒有就放棄，不需要努力的人卻拚了命在努力，不覺得很好笑嗎？」

「不知道妳在說什麼，但是努不努力是自己才能決定的事情吧。放棄了大概也是選項之一吧。」

「我啊、可是很努力地想要放棄呢，但是抓緊的雙手卻完全不聽使喚，反而越努力越無法放棄。」

「為什麼非得放棄不可呢？」

「……為什麼非得放棄不可？」她苦澀地扯動了嘴角，「因為本來就不應該抓住。」

「這樣的話，總有一天可以做得到吧。」

「不用負責任的話每個人都會說，每個人都說過去了就過去了，離開了看不見了就能忘記了，但是我都已經離開了那麼久，我只感覺自己更加跨越不了罷了。」

「我不知道妳發生了什麼事情，但是如果妳把自己關在自己的世界裡面，就算一百年也還是動彈不得吧。」

「憑什麼……妳根本什麼都不懂。」

「我是什麼都不懂啊，連發生什麼事情都沒有頭緒，所以才會像妳說的一樣，很不負責任的發表言論吧。但是因為妳沒有說出口啊，所以每個人說的話，妳聽起來都會是這樣的不負責任吧。」

「反正不管怎麼樣都不關妳的事。」

她站起身，牽起她停在旁邊的腳踏車，我看了一眼不知道什麼時候早就被鎖起來的車棚，很哀怨地估了估自己書包的重量，早知道就不要帶兩本又厚又重的小說來學校。

「欸，妳家往哪邊啊？我的腳踏車被鎖起來了。」

最後她讓我把書包放在後座，我們兩個就隔著腳踏車一左一右地走著，沒有人開口，也沒有任何多餘的動作。就是走路而已。

但是從那天開始，雖然在教室裡她也一樣不說話，然而偶爾會和她一起坐在音樂教室外面，或是在我家和她家路上會經過的那一個小公園裡很安靜地說著話。

之所以說是很安靜地說著話，倒不如說那樣的氛圍就是寧靜得讓人連提高音量都不願意吧。

總之、大概連朋友都稱不上吧。

卻正因為這樣的距離，才能真正的觸碰到劉襄恩的傷口也說不定。

「妳知道為什麼我會轉學來這裡嗎？」

「不知道。妳又沒說過。不過大家都說妳是不良少女，還有傳聞說妳一個人能夠打倒七個女孩子耶。我怎麼看都不像啊，光想像妳跟別人打架，就沒辦法了。」

「不良少女？」她拔起椅子旁邊的白色小花，一瓣一瓣地把細小的花瓣扯落。「這樣簡單很多，不是嗎？」

「不知道。因為我一直都是好學生。」

「在妳那種充滿陽光的世界裡，不要理解我比較好吧。」

「理解就會被拉向那一邊嗎？那妳不就能輕輕鬆鬆地走過來嗎？」

「如果那個時候，他也能夠跟妳說一樣的話就好了。」

「他？」

「音樂老師。那所學校的。」

「我比一般女孩子都早熟，所以一直覺得同年紀的男孩子很幼稚，這個時候剛好出現一個成熟又體貼的人，就算他是老師我也一點都不在意。反正一直以來就沒有人關心我到底要的是什麼、想的是什麼，不管是爸爸或是媽媽，都以為讓我吃好的穿好的，送我到高級的私立學校，偶爾在家碰到我就給我多到根本花不完的錢。

「什麼錢啊什麼東西的，我根本就不想要，他們也不過就是為了自己的心安吧。

「那一天我因為不想回家待在空蕩蕩的大房子裡，所以就跑到音樂教室彈鋼琴，就是在那個時候遇到他的。

「其實本來我根本沒有機會遇到他，因為他是高中部的音樂老師，我穿著國中部的制服，所以他看見我的時候也很訝異，說著『怎麼了嗎？』，就算誰都知道我在彈鋼琴，但好像他能夠聽見琴聲裡其實我很難過的聲音。

「不知道為什麼我哭了。從來沒有在外人面前哭過的我，一點也沒有辦法克制地掉下眼淚，大概因為他也很年輕吧，所以也不知道該怎麼辦，就抓來一盒面紙，坐在我旁邊安靜地等我哭完。

「從那天開始，每天放學之後我都會到音樂教室見他，其實我自己很早就發現了，對他並不是簡單的依賴而已。我愛他。雖然每個人都對我說：『妳還小不知道什麼是愛情』，但愛情跟年紀一點關係也沒有，我就是知道我愛他。

「這件事被發現了。本來想高中之後換到別的學校就能名正言順地見他了，不要在同一所學校就沒事了吧，當時我是很認真地這麼想的，但從傳出流言開始，很快就演變成學校不得不徹查的地步。不過就是談戀愛啊，我也不知道為什麼我能在校長和爸媽面前這麼理直氣壯的大喊，然而從頭到尾他一句辯駁的話都沒有。

「不管是為我，還是為了我們的愛情。

「就是因為注意到這件事情我才安靜下來的，沒想到他連掙扎都沒有就放棄了，說著『這也是沒有辦法的事，我們本來就不應該在一起』，一臉哀傷卻又莫可奈何的樣子。到底沒辦法、不應該這些話有那麼重要嗎？

「最後他離開那所學校，我也轉學到這裡。但是沒有辦法改變的事情，還是沒有辦法改變。

「就算很痛，但就是因為還能感覺到痛，所以明白自己根本還是愛他。

「到底為什麼不可以呢？

「相差三十歲的人都可以結婚，不過就是老師和學生，為什麼就不可以呢？到底是為什麼呢？」

我只是安靜地聽著劉裏恩說話，回憶著過去的她和我印象中的她完全不一樣，感覺沒有那麼冷漠，但卻能知道她很痛，我很想伸出手握著她的，一直到現在我都還是很後悔，如果當初那麼做就好了。

但是我沒有。

我們連再見都沒有說。

不久之後她就再也沒有來學校了。

出現在我生命之中的她，根本連一個學期的長度都不到，然而卻應驗了她所說的，理解了之後說不定就會被拉進她那邊的那個世界了。

所以我考了距離家最遠的高中，根本沒有認識的人跟我上同一所學校，或許我正是依循著劉襄恩的腳步，一步一步建築著只有自己的星球。

編號為寂寞的星球。

03

拖著緩慢的腳步走向三樓的會議室，踩踏上階梯的時候，輕輕的、但聲響卻太過清晰的迴響在沒有人的轉角，轉頭一看卻什麼也沒有。

很多時候我們以為那邊會出現些什麼，是抱著這樣的期待吧，不管是什麼都好，只要不要讓自己被丟在空蕩蕩的地方就好，這樣想著的我們，就連顯而易見的自己的步伐聲，也能夠撞擊出不切實際的想像。

說不定、說不定某個人的腳步聲確實的就重疊在我的踩踏之上。

一階一階，她踩踏在無光的所在，而我、卻被牽引到太過光亮的他方。

就任何意義而言，如此極端的兩個處所，說到底還是一樣的吧。一樣的結局。

我一直在想，劉襄恩那個時候到底在想些什麼呢？在她一個人的世界之中，最終她的選擇究竟是些什麼呢？

但無論如何我都不會知道了。就算知道，那也是她的人生，不是我的。

就算世界上百分之九十九點九的人都走向幸福的結局，也沒有人能夠專橫地斷言自己就不會是那微小的零點零一。人總是會習慣性地把悲慘性放大檢視，就算只是簡單的擦傷，相較於對方嚴重的骨折而言，在自己肌膚上留下的灼熱感要來得劇烈多了。

因為會痛的關係。

只要疼痛感沒有在自己的軀體之中蔓延，無論對方是粉碎性骨折或是二度灼傷，事實上理解的程度也只是左右了我們同情的話語傳遞的方式。

偽善。連自己都沒有察覺到自己偽善的人們，就任何意義而言都很幸福呢。

「妳停在樓梯轉角摔下去的可能性比上樓梯的時候大很多。」

又是他。

「就算摔下去也不關你的事吧。」

「會擋住我要走的路。」

「我以為會寫那種紙條的人很有同情心呢，沒想到是這麼冷血的人。」

「妳需要同情嗎？」

「不需要。」

「那就沒有必要浪費這種力氣。」他走到我身邊，「妳是要去三樓會議室吧？」

「你也是校刊社的人？」

「不是。我哥逼我去幫忙的。」

於是我的腳步聲重疊他的，不用仔細注意就能夠分別兩者間的差異。不知道為什麼，因為走在身邊的他並沒有刻意的表示善意，也沒有額外的情感性傳遞出來，所以就算靠得那麼近，似乎也沒有必要採取任何的動作。

不管是拒絕或者接受或者沒有反應，只要另一方舉起了手，就算是抬起頭都需要耗費力氣以及，自己不知道能不能擔負的情感。

走到三樓會議室，裡面只有張念悠一個人。

「啊，你們在路上遇到了啊。」她笑，就是很典型的高中女生太過張揚的燦爛。「可藍，可以這樣叫妳吧。他是許浚辰，跟我同班的，我們三個人就是負責英文文章的小組啦。」

「許浚辰，你……？」

他看了我一眼，接話的是張念悠。「他是許老師的弟弟喔，很不像吧，一開始我也不相信呢。不過要不是因為這樣，我想我根本沒辦法說服他來幫忙吧。看來，這個小組能順利找齊人，多虧了許老師呢。」

那個時候的我們三個人，不、加上許浚羽在內的四個人，大概都料想不到，以許浚羽作為起點的我們，已經走進了難以解開的糾結之中。

不管是他或她的微笑，或者是我或他的沉默。

都，已經不在料想之中了。

那天開始，每到午休時間我便不得不踏上三樓的階梯，一步一步走向會議室。

迎接我的通常是張念悠太過耀眼的微笑，總感覺能夠輕易地想起過去的自己呢，這樣想著腳步就更加緩慢了。但大抵就算以時速一步前進，無論如何還是會抵達的。

但已經走不回過去了。

今天卻什麼都沒有。我去辦公室弄點東西，會晚一點來喔。桌上的紙條大概是她特地來過的證明。

「沒有人嗎？」許浚辰總是在我之後不久出現。

「我。」

拉開了椅子，雖然天天都得來這裡，但事實上也不過就是看看文章，在教室個別看也沒有多大的差異，但基於張念悠的堅持，三個人還是聚集在這裡了。因為不想浪費力氣反對，再說這裡相對於教室也輕鬆多了。

「妳喜歡我哥吧。」

許浚辰用的不是問號，而是句號。

「學校的每個女孩子都喜歡他吧。」

他只用著兩支椅腳支撐著自己的重量，右手玩著筆，其實他跟我是同類吧，如果願意承認的話。

「不管是誰都喜歡他呢……但是我很討厭他。」

「是嘛。」

「但是妳對他，不像其他女生那麼簡單吧。」他若有似無地笑了，「去你的孟可藍，去你的愛情，下一句是去你的許浚羽吧。」

「那又怎麼樣？就算是也不關你的事。」我望向他的側臉，「既然那麼討厭他，幹嘛還答應幫忙？」

「因為不想浪費力氣。拒絕也只是會讓他花更多時間說服我而已，而且，他的出發點根本也不是為了編輯校刊那麼簡單。」

「不然呢？」

「為了張念悠。」

「張念悠？」

「我怎麼了嗎？」她的出現恰好接在我的問號之上，也因此阻絕了答案的出現，她放下一袋甜食，還是她一貫的燦爛弧度。「許老師給的慰勞品，草莓大福，來、一人一個喔。」

「我不喜歡甜食。」大概是不想吃自己哥哥買的東西吧。

「真的嗎？很好吃喔，這間店在網路上超有名的耶。可藍這個給妳，那我們一人一個半好了。」

「嗯。」

「但是你們剛剛在聊什麼啊？我好像聽到自己的名字耶。」

「只是不知道妳今天會不會來。」謊言其實很輕易就能說出口，比解釋事實省力多了。

但為什麼是為了張念悠？

我並不會特別追問這個問號，但並不是不追問就不會在意。

「不過很難想像你們兩個人聊天的樣子呢，因為都很安靜啊，有時候都覺得自己一直說話好像很吵。」她看了我和許浚辰一眼，「這樣說讓人很難接話吧，呵呵。」

「可藍。」

「嗯？」

鐘聲響了之後，許浚辰打了招呼就先離開了，我只是因為不想那麼快走進喧鬧的教室，所以總是會等到上課鐘聲響了之後才離開。通常在午休結束的鐘聲和第一節上課鐘聲之間的十分鐘，我能夠一個人獨佔自己的安靜。

喧鬧的周圍，連呼吸都不得安寧，連自己的安靜都不得不被瓜分。

然而今天，張念悠並沒有留給我這十分鐘。

「今天放學之後有事嗎？」

「是沒有特別的事。」我也只是到圖書館念書罷了。

「要一起吃晚餐嗎？」

為什麼？「可以啊。」

已經先確定了我放學之後沒有事，如果斷然地拒絕，也只是更加麻煩而已。說到底，這種問號根本就不是問號。柔性的蠻橫。

「那就放學後我在校門口等妳嘍。掰掰。」

「嗯。」

基本上我跟張念悠除了校刊的編輯之外是一點交集也沒有，無論是生活圈或者興趣喜好，更不可能基於性格迥異所以因而一拍即合這種理由，我並不是會跟誰一拍即合的人。在她的笑容之中，大概、等著我的是預期之外的麻煩事吧。

其實不用刻意猜想也能推想，我跟她的交集充其量就是許浚羽跟許浚辰，加上這些日子的相處，閉著眼睛都能感受到她明顯的感情指向。太單純的高中女生，跟兩個太冷淡的人共處一室，熱度的流向只要呼吸就能察覺。

許浚辰並沒有特意做些什麼，不管是拒絕或者接受都沒有，他的選擇就是沒有反應。

但有些時候，沒有動作是會讓懷抱著美好幻想的另一方視為一種希望的象徵，因為對方沒有拒絕啊，會這樣想著的吧，並不會思考「對方一點反應都沒有」這個向度。

沒有人會刻意打擊自己，尤其是青春燦爛的女孩們。

就連不斷打擊自己的我，也還是在那樣的微光之中試圖抓握些什麼，說不定真的能觸碰到些什麼呢，就算是擦過邊緣的瞬間也好呢，能夠記憶那樣的溫度就夠了，懷抱著這樣心思的話，說到底還是逃離不了自己的想望。

如果，他不是他就好了。

或者如果，在一年半之後離開這件制服之後的我，說不定能夠面對面地站在他的面前。

以對等的姿態說著，其實我很愛你，這樣的話。

那時候的劉襄恩也是懷抱著這樣的期盼吧。然而所謂的對等，並不是離開校園或者脫下制服就能夠站在一樣的水平線之上，而是對方注視自己的眼光到底能不能因而成為單純的自身。

我所注視的是妳。而不是妳所扮演的角色。

最簡單的期盼，往往擁有最難以達成的遙遠。

看著在講台上認真解釋文法的許浚羽，就任何意義而言他都是和我截然不同的兩種類型，不、或許能夠在他的身上找到自己過去的痕跡，那個時候天真燦爛的我。

到底是為什麼呢？

並不能簡單地將我劇烈的轉變歸咎於劉襄恩的出現與消失，她充其量不過就是個引信。我想在我的身軀之中，本來就含藏著連自己都未曾發覺的面相。如此疏離冷漠的自己。

一開始連自己都很訝異，畢竟一直以來不管是用哪個人的眼光，甚至是看著鏡子倒映的自己，那樣的笑容，連自己都打從心裡感到耀眼吧。

一直以來都是很陽光的喔。曾經是很自豪地這麼說著的。

就是從那個春天開始的。

劉襄恩離開之後的春天。高中入學考試之前的春天。劇烈的變化其實就是在平靜無波的表象之下開始掀起漩渦，攪進的是我的人生，並且是沒有人意識到的那個部分。

那個時候有一個男孩。一個靦腆而害羞的男孩，站在我的面前捧著他的愛情，等著我伸出手承接。

「可藍，我、我喜歡妳。從很久之前就喜歡妳了。」

事實上就是在那一瞬間我才意識到自己已經不再是從前的自己了。

麻煩死了。

這是浮現在我腦海之中的第一個念頭。

所以我僵直在原地，並不是因為站在面前的那個男孩，而是源自於自己的念頭。

從前的我會小心翼翼地包裹住對方的愛情，然後緩慢地將其推回，試圖不要摔破或者打開，如果能夠原封不動地回到對方的心底，那麼有一天也能夠輕易地將核心的角色換作其他人吧。

但是那個時候的我，想著，粉碎也無所謂吧，如果能夠那麼輕易地就把我換作另外一個人，那麼就算重新鑄造一份新的愛情，對男孩而言也不是多麼困難的工程。

不、事實上如果不粉碎的話，說不定一輩子都替換不了裡面的主角。

「對不起。」

到底是為什麼要跟男孩道歉呢？到底為什麼不得不這樣說不可呢？

我只是不喜歡他罷了，為什麼就非得說出對不起這三個字呢？

因為你活該啊，本來就不應該喜歡上我的，如果能夠這樣說出口的話，就能夠粉碎他的愛情吧。

但沒有。我們想保留的並不是那份愛情，而是在對方愛情之中存活著的我們自己。

「校刊的進度不錯呢，抱歉沒事先跟妳說就讓念悠去找妳。」

「嗯，沒關係。」

「阿辰那小子沒有搗亂吧？雖然答應幫忙，但其實很不情願的。」

「因為各自分配工作，所以很順利。」

「那就好。嗯，雖然不知道該不該問，但如果有什麼事情的話，覺得我能幫上忙，就告訴我吧。」

「嗯？」

「總感覺妳好像有心事的樣子，但又不知道是不是自己該問的範圍，妳也知道，女孩子是很難懂的。」

你能愛我嗎？

如果這樣丟出問號他還能這麼溫柔地對我微笑嗎？

說不定只是像對待小貓一樣，摸摸我的頭說著「沒事的，只是錯覺喔」或是「真是謝謝妳，但我們是兩個世界的人喔」，接著還是用他的微笑弧度畫下句點吧。

這樣是粉碎不了的，如果繼續看著他的微笑的話。

「老師，覺得愛一個人有身分上的差異嗎？」

「愛情啊……沒有吧，雖然很想這麼回答，但是真正的阻隔並不是實質上的身分吧，而是兩個人對這樣的身分在不在意吧。」

「如果是你呢？」你。而不是許老師。

「我曾經喜歡過大我兩屆的學姊呢，但因為對方覺得其他人的眼光很難忍受，所以連考慮都沒有就把我否決了呢。那個時候的我很憤怒吧，不是因為她，是覺得，我的愛情關其他人什麼事呢？但是過了那麼久回頭看，如果我是她，可能我也沒有這個勇氣吧，畢竟、承受目光的人，是她不是我。」

「所以你也沒有辦法忍受這樣的目光嗎？」

「老實說我也不知道。跟對方是誰有很大的關係吧。」

「是嘛。」

「所以困擾妳的是戀愛問題嗎？」

「沒有，只是隨口提起而已。最近看了類似的小說。」

「這樣啊，妳真的很愛看書呢，下次推薦我幾本書吧。」

「嗯。」

「總之，如果想聊天的話，可以找我喔。」

如果你啊，繼續用著這種微笑這麼溫柔地對我說著話的話，引發什麼樣的後果我可不管喔。

要是這麼俏皮地說出這樣的話來，就能被一笑置之吧。

但是真的哪天從我口中滑出，語調絕對不會是輕快爽朗的吧。就說了，就算想要彈奏輕快的舞曲，但是一不小心就按錯了鍵，最後蔓延在空氣之中的是低沉的奏鳴曲。
我的愛情。以及，愛情之中的你。

「可藍，這裡！」

要在人群之中辨識出張念悠是很簡單的事情，就算不用特別的努力，憑藉著她大力搖晃的右手也能無誤地找到她的所在。

牽著腳踏車，我並沒有因為她的笑容或者她揮動的手臂而加快速度，一般人都會因為想著「對方在等我呢」，不自覺就加快了步伐，但這種短短幾秒的差異真的能造成什麼不同嗎？

再說，為什麼因為對方的等待我就得加快腳步不可？

為什麼我們都這麼不願意辜負另外一個人的期待？

那為什麼我們所懷抱的期待往往都會被辜負呢？

「抱歉，這麼突然地約妳出來，但想想就算天天一起製作校刊，也好像沒有好好聊過天呢。」

如果想聊天的話，直接約許浚辰不是比較乾脆嗎？拐了那麼多彎，目的地不是打從一開始就設定好了嗎？

然而從來也都只有局外人能夠說出這樣的話來，一旦陷入那樣的迂迴之中，就算在原地打轉一百圈，也還是能夠忍受第一百零一圈的旋轉吧。

我也沒有說這些話的資格。

根本與我無關。大抵，我也一樣原地繞著圈圈，張念悠找到出口的機率，比我高出一萬倍吧。

「有特別想吃什麼嗎？」

「都可以。不要人太多就好。」

「妳很不喜歡人多的地方嗎？」

「我不喜歡吵雜的地方。」

「我一直覺得很像呢。看著可藍的時候，好像在看那種電影裡面總是安靜坐在窗邊的女主角，擁有自己的世界，根本不在意別人的眼光。感覺，有點羨慕呢。」

「羨慕？」簡單一點來說，不就等於無法融入人群嗎？

「因為很在意其他人的眼光吧，所以有時候想說什麼，或者想做什麼，都不敢去實行呢。」

並不是擁有自己世界的人就能夠勇敢地去做每件事情，只要想望的對方生活在另外一個世界裡，那麼不只是要背負他所在乎的眼光，並且會不斷地意識到兩個人事實上是生活在兩個不同次元之中的人。就算擁抱著也還是在不同次元。

這種貼近。這種遙遠。在那個世界裡愉快地進行煩惱的人們是不會明白的，即使明白也無法理解。

世界與世界的差異並不是我們劃分出來的，即使曾經做過退開的努力，但追根究柢還是源自於軀體之中已然存在的不同。不管是劉襄恩或者我，甚至是許浚辰也好，每個人都有著自己的世界，只是這樣的世界與大眾的世界重疊度的多寡，決定了我們的融入性。

沒有人是真正能夠與集體的世界重合的。

我和張念悠坐在某間沒什麼人的義大利麵店，距離學校十五分鐘的路程，大概能夠降低一點因為太難吃所以沒有客人的機率。但事實上，絕對不存在著好吃的可能性。

反正我不在意，這也不是張念悠關心的重點。

最後我點了最保險的番茄蔬菜麵，她的是清爽的天使冷麵。這種點餐的差異其實能夠反映出性格的不同吧。

我並不打算主動開口詢問她的目的，假使最後她因為說不出口，也可以當作簡單的一起吃晚餐就帶過。哪個人先出聲，事實上是不一樣的。

主動涉入和被迫涉入，雖然大多數人到了末段大抵都忘了自己的起點，然而這種進入點的不同，並不只是微妙那麼細小。

「其實，我是有些話想要說，我想妳可能會覺得我們不熟，但是自己沒辦法對其他人說出口，所以、所以……如果可藍不想聽的話，可以直接告訴我沒關係。我不會介意的。」

我不想聽。

如果真的能這麼直接對她說我就不會坐在她對面了。

「嗯。」

「其實我、其實我喜歡許浚辰。」

我知道。許浚辰也知道。就只有妳不知道我們都知道。番茄麵的番茄味太過頭了，蔬菜太硬了一點，但麵卻煮得恰到好處，只是光是一項優點是彌補不了其他的缺點的。

「當初是我拜託許老師說服許浚辰幫忙的，雖然是同班同學，但一直沒有機會跟他說話，他不太跟女生說話的。身邊都是男生朋友，如果太過刻意地攀談，大家都會發現吧。」

發現了之後又怎麼樣呢？她不就是期待兩個人能夠相親相愛地手牽手，順便昭告天下這個人已經貼上屬於我的標籤了嗎？

我看著盤子裡被染紅的花椰菜，如果能貼近一點思考的話，其實我對許浚羽也抱持著相似的心思，只是打從一開始我就把期望壓到近乎貼地，一邊告訴自己不可能、不可能的喔，但另一方面卻又壓低了身體，把臉頰貼到地面審視，用一種安心的語氣對自己說：妳看吧，就算壓得那麼低，還是沒有貼地啊，所以我們，還是擁有起飛的高度的。

就算是貼地飛行也好。

沒有人能夠真正讓自己的想望破滅的。

「一起做校刊之後終於能夠好好跟他說話了，雖然內容都是校刊。可藍好像能跟他聊其他的事情呢，所以、所以我……我也不知道該怎麼說，就是想問問妳該怎麼辦吧。」

「妳跟他說話他不會不理會妳的。」

「真的嗎？」張念悠的雙眼因為這句話迸發了熱度。

他跟我如果真的是同類的話，是不會浪費力氣去拒絕別人的。

「大概吧。」

我猜想，這頓飯的目的大概就是為了確認自己不會被拒絕，大多數的人都會自動地將不被拒絕進一步解讀成有可能會被接受，然而拒絕和接受本來就是不相連結的兩個區塊，雖然往往被硬是接合在同一個軌道上。

但事實上，只要認真地辨認就會明白，像許浚辰那種人，不會留給對方錯誤解讀的空間的。

「回來啦，今天爸媽和朋友出去吃飯，大概很晚才會回來。我買了壽司在桌上。」

「我吃過了。」

「晚一點可以當宵夜，如果不吃就拿去冰吧。」

「嗯。」

「喔對了，妳有同學打電話來家裡找妳，好像是國中同學吧，妳手機換號碼都沒告訴朋友的嗎？」

升上高中的那年暑假，毅然決然決定切斷過去所有的自己，也一併把那份太耀眼的記憶留在原地，所以不只是報考了離家最遠的高中，也沒通知其他人自己換了電話號碼，就算打到家裡來，也能夠很輕鬆地推拒邀約，時間一久，加上各自都開始新的高中生活、新的生活圈，很簡單就會鬆手了吧。

不管是誰都一樣。就算是當初很親暱地勾著手的兩個人，只要有一方先放開了手，另一個人不會堅持太久的。

「誰？」

「筱清還是筱晴的，好像有聽過這個名字。」

筱清？「她有說要幹嘛嗎？」

「說是讓妳回她電話吧。喏，電話號碼。」

姊遞給我一張寫有號碼的便條紙，不管是家用電話或是手機電話都細心地留下來了。

到底為什麼在一年多之後要如此特地的聯絡我？雖然筱清是當初那群人中，最晚放手的一個人，但到底還是放手了不是嗎？

「記得回電話給人家，看妳的樣子一定等一下就不知道把紙給塞到哪裡去了。」

「知道了啦。」

在我走上樓之前，想一想還是停下了腳步，畢竟這個人還是我姊。

雖然她很平靜地和我進行日常對話，只要裝作沒看見就好了，但只要有眼睛就能看出她大概剛大哭了一場。就任何意義來看，姊就是那種不會刻意壓抑自己情感的類型。

「妳怎麼了嗎？」

「哪有怎麼樣。沒事啦。」

「那我上去了。」

「可藍。」

百分之九十九的機率，姊是不會放過訴苦對象的，我想我今天也不會踏上那百分之一。所以我把書包丟在樓梯邊，緩慢地走到她身邊坐下。順便從桌下撈了一盒面紙放在她的旁邊。

說吧。我並不會認命到對她說出這樣的話來。雖然不久之前我曾經是會和她抱著一起哭的多感女孩。

「我說要跟他分手，他居然說『既然妳想分手，那我們就分手吧』。果然他已經不愛我了。」

「不然妳要他說什麼？」

姊跟阿展哥已經交往了五六年，這種劇碼一直上演，連我都感到疲累何況是始終處於退讓的他呢？

「他知道我明明就不是這個意思，我只是要他多花一點時間陪我，他最近一直在工作，就連我在旁邊他也還是在工作。」

「你們不是說要結婚嗎？所以他當然會逼自己更賣力地工作。」

「可是我只是要他多陪陪我而已。」

「姊，那妳為什麼不這樣直接跟他說，硬要跟他說什麼分手？」

我們總是習慣拐好幾個彎，又怕不夠迂迴而在原地多繞了好幾圈，才把心中真正想說的話包裹在一團糾結得幾乎無法辨識的毛球之中踢給對方。不僅僅是為了自己的自尊，所以沒辦法坦率地說出口，也抱持著「因為你必須要理解我啊，所以就算我繞上了十顆毛線球，你也還是得乾淨俐落地剪開看見我核心的需求」。

然而，常常連自己都看不清自己，憑什麼能夠如此理直氣壯地要求對方看清自己呢？

「那現在怎麼辦？」

「打電話給他。道歉，把話說清楚。然後就沒事了。」

接著姊拿著電話邊說邊哭了半小時，打從一開始就根本沒有問題的問題，我們的人生就是在這些糾結上重複消磨掉自己的生命，尤其近半數的時間耗費在愛情之中。

「沒事了。他說明天早上會來接我上班。」

「嗯，那我上去了。」

「可藍。」

「幹嘛？」

「以前，妳不是這樣說話的。」

「什麼？」

「我們只是不知道怎麼開口，但不管是我還是爸媽，都覺得升上高中之前妳突然變了好多。如果有什麼話想要說的，像妳說的，還是說出來比較好吧。」

到底發生了什麼事情呢？其實姊是想這麼問的吧。

「長大了不就這樣嗎？」

姊毫不遮掩地望進我的雙眼，紅腫的雙眼不知道為什麼反而比平時的她看來更加堅定。「不是這樣的，長大並不代表要放棄。」

我斂下雙眼，「沒事。」

像是要說服自己一樣，我提高了音量，一個字一個字清晰地說：「我沒事。」

我把書包扔在地上，把自己用力地甩到床上，盯望著天花板，試圖找到一片空白，但姊的話不斷在腦中重複，長大並不代表要放棄，就算這麼說到最後我們還是不得不放棄。

其實那年夏天我有見過劉襄恩。

那個時候的我，單純只是把自己將到最遠的高中念書這件事情視為一個開始，手中還是抓握著過去的時光。我只是比較沉默了一點，退得比較遠一點而已。

但還留著讓其他人走近我的通道。

「劉襄恩？」

她穿著簡單的便服坐在那個小公園裡，一如往常的那個位置，只要我若無其事地坐到她旁邊，是不是就能說服彼此其實我們都還沒走遠？

「我要出國了。我爸媽最後決定把我丟得越遠越好。」

「妳一個人去嗎？」

「嗯。」她一臉無所謂的笑，「反正在哪裡都沒差，想要的永遠得不到。但只是突然想跟妳說一聲。」

「嗯。」我走到她身邊坐下，看著我的白色布鞋，有很多話想說但什麼也說不出口。

「我找到他，在新的學校繼續教書。但是已經有女朋友了，明明沒過多久，很簡單的用『對不起』、『我們是不能在一起的』這樣的話打發我，我沒有多說什麼就離開了。大概，我也不知道是因為選錯人，還是愛情本來就這麼冷血。」

「就這樣放棄了嗎？」

「就算我不想放棄，但對方根本一點想抓住的心都沒有，死不放棄只是到最後連自己都失去了而已。」

「我們會再見面嗎？」

「不會吧。我也不知道。至少念完大學之前我不會回台灣吧。」

「妳有後悔過嗎？」

「沒有。都已經被迫要放棄了，如果連自己都覺得後悔的話，那麼人生就一點意義也沒有了。」她輕輕扯動了嘴角，「但我現在也才十五歲，說什麼人生也太囂張了。」

「我一直覺得妳很勇敢。」

「但是很多時候光靠勇敢是沒有用的。如果只有一個人勇敢，那麼所有的傷都會往那一個人身上去的。」

那天的傍晚異常的悶熱，安靜地坐在椅子上身體卻微微冒出汗，我看著自己開始濕潤的掌心，什麼都好，不管是擁抱或者說些什麼都好，大概她之所以會在這裡等我可能就是為了這麼一點安慰吧。

然而我沒有。

在這個公園裡，同樣的位置同樣的兩個人，兩次我都沒有替她做任何的努力。

「有時候會覺得，放棄輕鬆多了呢。」

洗完澡之後我看見隨手扔在桌上的便條紙，筱清的電話號碼。

盯望了好一會兒，最後還是拿起電話按下了她家的號碼，以前幾乎天天按下這幾個數字鍵呢，我也不明白在學校相處了一整天的兩個人，為什麼回到家之後還能夠耗費那麼多時間進行無謂的談話。

「喂，妳好。」

「我找筱清。」

「我就是。啊，是可藍、是可藍對不對?我一直在等妳打電話來呢，本來以為妳不會打了。」

「嗯，我通常比較晚回家。」

「超久沒有聯絡的啦，妳姊說妳的手機號碼換了，難怪我一直聯絡不上妳。」

「怎麼了嗎？」同學會？心血來潮的聚會？

「其實也沒有什麼，只是有點在意。這個星期六還是星期天有空嗎？要不要一起出來吃個飯？我只是想說我們好久不見了。」

在意什麼？過了一年多還有什麼好在意的？

拒絕是很簡單的一件事。謊言對我而言太過流暢就能說出口，然而我並沒有。

或許不僅僅是因為筱清是當初最後一個放手的人，也可能是在一年多之後，即使是心血來潮，她仍然拿起了電話撥打出連接我的號碼。

如果能夠坦率一點的話，說不定我早就是那一個站在廣場中間大喊著「我需要擁抱」的那一個人。

然而我比誰都明白，並不是說不出口，而是沒有把握自己能夠承受說出口之後的結果，如果順利地得到了哪個人的擁抱，或許因而能找回當初捨棄的陽光；

但如果所有人都只是冷眼旁觀呢？我並沒有劉襄恩那麼勇敢，真的能夠把自己一個人拋在誰都沒有的世界之中。

我從來就不是一個勇敢的人。

所以我不敢勇敢去愛。所以我不敢勇敢離開。所以我只能選擇安靜地放棄，卻從未真正放開。

你會是那個人嗎？

我們都懷抱著這樣的盼望，卻沒有多少人勇敢地問出口。

「是嗎？」

「嗯。對啊，學校附近那間日式料理還在喔，那天經過看到好懷念，以前我們常去的。」

「星期六吧。」

「好，那我們就約在學校門口吧，十二點整可以嗎？」

「嗯。」

「到時候見嘍，掰掰。」

05

「張念悠昨天約我吃晚餐。」

「然後呢？」

又蹺掉體育課，在四樓教室裡坐著我和許浚辰。這節課是他們的自習課，通常班上的自習課無法安靜下來，即使每個人都確實地翻閱著書本，但那種不安分的心思卻讓安靜比喧鬧更加難受。

「她喜歡你。」

「所以呢？」

「我不想蹚這池渾水。」

「那不是我能決定的。也不是妳能決定的。」

「那能決定的是誰？」

「每個人都能，每個人都不能。但至少，目前的現狀是我哥造成的。」

「為什麼那麼討厭他？」

「想替他護航？」許浚辰單手托著臉頰，「有一個什麼都優秀的哥哥，就算再怎麼努力都覺得自己還是陰影，如果他性格惡劣一點說不定比較好，但就因為太過關心我這個弟弟，所以讓人更覺得厭惡。」

「是嗎？」我的心思並沒有在小說上，「所以就自我放棄？」

其實就任何意義來說，許浚辰也是個很優秀的人，如果屏除了許浚羽這個比較對象來看，更能無誤地指認他的優點。但正因為許浚羽是他一輩子都無法擺脫的光源，也就連帶的加深了他所拖曳的影子。

「很合理不是嘛。」

反正不是我的人生，隨便他愛怎麼樣也不關我的事。

我把視線移回書本上，定格在「她從來沒有擁有過他的愛情」這句話之上。我自嘲地扯了嘴角，就算是選擇性注意也不知道是不是要說幸運，順手抓的一本書都能出現這種字句。

更何況我記得我看的是推理小說。

「我哥沒有女朋友。」

「然後呢？」我冷冷地看了他一眼，「想藉由我搗亂他的人生？」

「至少妳能有個理由放手一搏。」他直接地望進我的雙眼，「只要到了最後，我們異口同聲地說『只是開玩笑的啦』，就算失敗也不用負責不是嗎？而且妳還額外得到一個成功的可能性。」

「為什麼？」

「因為這樣妳才能放棄。」

「可藍！」

「嗯？」張念悠沒有等到午休時間，就在教室門口躁動地喊著我的名字。

突然有個這麼耀眼的女孩子到班上找我，引來了不少目光，畢竟打從一開始我就採取著獨來獨往的姿態。似乎，我的生活也一併被攪動了。

「妳跟許浚辰說了什麼嗎？」

「說了什麼？午休時間還沒到。」

我並沒有說我沒有見到他，只是在張念悠的觀念中，我和許浚辰的交集只有在午休時間，所以這樣一句其實一點意義也沒有的敘述句，她就會自動解讀為「我並沒有和許浚辰接觸」。

「他剛剛問我，星期天要不要到他家一起念書，還說妳也會一起去。」

一向不反應的人，沒想到動作快得連讓我否認的機會都不留。

看著張念悠羞怯又興奮的臉龐，如果她知道自己已經被許浚辰毫不留情地當作犧牲品，還會是這樣的表情嗎？

但是在愛情之中，我們每個人都是犧牲品。

只要不知道真相就能這麼幸福地微笑著吧。就算到最後被拒絕了，也能低聲地說著，至少我曾經離他那麼近。

我們都是殘忍的人。

然而我們都是藉由這樣的殘忍得以接近我們的愛情。

「嗯。」

「但是你們什麼時候約好的？」

「大概是那天，我說英文有地方不大懂，他說可以找他哥，順便討論校刊。」

「這樣啊。我還以為、我還以為被他知道了呢。」

「如果他知道之後還約妳，不是更好嗎？」

「不是不好啦，只是太突然了啊，他一直都那麼冷淡，突然主動跟我說話，嚇死我了。我剛剛根本不敢待在教室耶，連看他都不敢，而且我們班的女生還一直抓著我追問。」

「那就說是為了做校刊吧，反正還有我這個電燈泡。」

「可藍才不是電燈泡咧，不過幸好有妳呢，不然我連跟他說話可能都沒有機會。」

幸好有我？再過多久這樣的話會變成指責性的「都是因為妳」呢？

如果把所有的責任都推到許浚羽頭上，大概會輕鬆愉快很多吧。因為我愛他的緣故。因為許浚辰討厭他的緣故。但不管是以什麼作為起點，張念悠都不過是一個捧著愛情無端被攪進來的無辜女孩。

但是已經來不及了。

遊戲在我們決定參加之前就已經開始了。

「連一點拒絕的餘地都不留呢。」

「不過就是念個書，如果妳沒有那個心思，也什麼都不會改變吧。」

「真是不青春陽光呢。少年？」看著坐在樓梯上聽著 MP3 的許浚辰，其實我也沒有選擇參加與否的權利。

這樣的提案太誘人，也說不定是唯一一個允許我豪賭的機會。

在那之前，我是連輸的機會也沒有的。

「不覺得很可憐嗎？張念悠。」

「妳不會讓她知道真相，我也不會。只要什麼都不知道，她失去也只有本來就不會被接受的愛情。」

「對你有什麼好處？」就算想攪亂許浚羽的人生，事實上也沒有多大的作用。

「我說過，這是唯一能夠讓妳放棄的方法。」

「為什麼非得讓我放棄不可？」我扯了扯嘴角，「你喜歡我？」

「妳要這麼想也不是不可以。但是在妳只看著他的時候，就算我犧牲奉獻也只是浪費力氣，倒不如乾脆一點。」

說不定他也只是為了讓我放棄。就這麼單純。

越是單純的理由就越讓人無法相信，很矛盾的人性，但卻是現實。所以大多數的人才總會拐了那麼多個彎，就算聽起來明顯就像個謊言，但卻比單純的「就只是這樣」來得容易說服別人。

因為自己單純的初衷從來沒有被接受過，為了保護自己只好開始相信，從來就沒有如此單純的起點。或者終點。

真不知道該說人性太過複雜，還是太過單純。

「你不能像高中生一點嗎？」

「妳以為除了長相妳哪裡像高中生？」他無所謂地勾起弧度，「就算是愛情，反正也不過就是相互利用，妳就賭吧，反正我也下了我的賭注。」

愛情不過就是相互利用。

我看了許浚辰一眼，我並沒有感受到從他身上傳遞而來的愛情氣味。說不定他只是順口說說，畢竟近似於同類的我們兩個人，謊言、掩飾這類的舉動在意識之外就能夠行使。

無論他所含藏的心思是什麼，對我而言並沒有多大的差別。

如同他所說的，參與遊戲的我，得到的是一次能夠放手一搏的機會。

「不問我為什麼喜歡上許浚羽？」

「有什麼差別嗎？任何東西都能成為愛情的起點，既然不是我的愛情，就算我了解得鉅細靡遺也沒有意義。更何況，什麼都不知道通常是最幸福的，有時候就是因為看得太過清楚，所以才會比任何人都痛苦。」

「許浚羽帶給你的陰影有那麼大？」

就算能夠理解但也無法體會，畢竟姊和我所走的路途是截然不同的，甚至連生活模式也沒有太多的相似。從以前所聽見的，頂多也只有「兩個人都這麼活潑又貼心呢」，除此之外並不會有人特地把我和姊放在同樣的向度比較。

因為爸和媽沒有，所以就算其他人進行比較對我們而言也不是多麼重要的一件事。

「老實說他只是標靶。應該負責的是那些大人，尤其是我爸和我媽，但就算知道不是他的錯，可是就是因為有他的緣故所以才會有這樣的結果吧。如果沒有他就好了，小時候一直這麼想呢。」

許浚辰突然笑得好陽光，就像他哥哥一樣的溫柔耀眼。「要這麼笑也是可以呢，但根本就是浪費力氣。」

「就任何方面來看都很扭曲呢。」

「至少是我選擇的結果。說不定真正可憐的是他，他連選擇權都沒有，因為每個人都期待他的溫暖陽光，所以他連鬆手的權利都沒有。」他緩緩地瞄了我一眼，「這麼說，是不是讓妳更心疼他了？」

事實上並沒有。我想許浚辰也知道我沒有。

對於許浚羽的愛情來自這個人的本身，如果缺乏了任何一點他身上所背負的重量，那麼就不會構成當初那個反光之中讓我陷入愛情的存在了。

我沒有那麼偉大能夠拯救另外一個人，從來我們想拯救的，都只有自己而已。

「其實你也知道沒有希望的吧。」

「就算知道沒有希望還是想努力。人不就是這種無聊的存在嗎？」

真是浪費力氣呢。但是不浪費的話，留著那麼多力氣又要做什麼呢？

在星期天之前是星期六。

並不是要浪費力氣去陳述廢話，而是星期六和筱清約好吃午餐。

我比約定的時間提早了十分鐘，站在已經一年多沒有來過的校門口，從前是天天都必須經過的地方，就算是假日，也還是有著一堆理由能夠讓自己走進這裡。然而即使現在的我站在門口，差了那麼幾公分就能夠踏進，我還是一點也沒有踩入的心思。

那個地方，封鎖了我過去所擁有的陽光。

我沒有那麼悲慘，並不是無法得到那些溫度，相反地，是自己決定把所有的一切留在原地。

我們可以選擇努力，也可以選擇放棄，但有一條路是曾經劉襄恩所走過而無法回頭的，她努力去放棄。

當放棄需要耗費努力的時候，就已經註定無法鬆開手。

所以她終於能夠放棄的那一天，並不是實質上的成功，而只是自己已經用光了所有力氣。**努力同時也是抗拒，當我們努力去放棄的同時，其實同時我們也在努力地不讓自己放棄。**

自欺欺人。不管怎麼樣都想記住你。自欺欺人也無所謂。只要能夠記住你就好。

劉襄恩是笨蛋。勇敢得很笨。笨得很勇敢。但是在愛情之中永遠都是笨蛋才能讓人刻骨銘心。因為只有他們敢不顧一切。

「啊，可藍，抱歉、妳等很久了嗎？」

「沒有，我提早到了。」

「還是沒變呢，從以前可藍就都是那個最早到的人。」

不、其實什麼都已經改變了。並不是隱藏在沒有變化的表象之下，而是我們都選擇去注視沒有改變的那一面。

「習慣了。走吧。」

「嗯。不過真的好久沒有見到可藍了呢，差一點就認不出來了，頭髮已經變好長了，可藍越來越漂亮了呢。」

「謝謝。」

如果微笑的角度大一點，聲音再張揚一點，是不是很輕易就能牽著筱清的手重新成為那個記憶中的孟可藍？那個耀眼得太過頭的孟可藍？

到底我是站在許浚羽的那一個世界，還是活在許浚辰的那一邊，在兩者之間不斷擺盪的我的心思，最後不管是陽光或者陰影，都沒有辦法確定了吧。

因為這個世界那個世界，我並沒有真正的阻斷之間的通道。

要是哪天突然決定回歸到從前的那個陽光少女，是很輕易的事情吧。就像那天許浚辰的燦爛微笑，只要多花一點力氣就能夠做到。

但到底值不值得讓我們多花那些力氣去微笑呢？

走進了餐廳，學校附近的餐廳反而因為假日人顯得少，挑了一個靠牆的位置，刻意避開過去喜歡的窗邊。從那邊望出去，能夠一覽無遺吧，過去的光景。

「好懷念這邊的親子蓋飯喔，我記得可藍都會要老闆加很多洋蔥對吧。」

「因為很甜吧。洋蔥。」

「突然打電話給妳，又約妳出來，會造成妳的困擾嗎？」

「嗯？」最後我還是跟筱清點了一樣的親子蓋飯，但沒有要求多加洋蔥。「是不會。」

「我只是突然有點在意。」

「在意？」

「那天好像有看到妳，在你們學校附近。但不是很確定是不是妳，所以就沒有打招呼，因為、印象中的可藍不會出現那種表情。」

「哪一種表情？」

「什麼都無所謂的表情。」筱清喝了一口麥茶，「雖然說一個人走在路上一臉很開心也很奇怪，但就是感覺不一樣，完全、完全不像我認識的可藍。加上畢業之後妳從來不跟我們出去，之前同學會和其他人聊天的時候發現，不只是我，每個人在畢業之後都沒有見過妳。」

為什麼隔了那麼久還不放手呢？

為什麼要在這種時候突然給予一絲微光呢？

「可藍，是不是、發生了什麼事？」

「人都是會改變的。我只是變化得比較劇烈而已。」

打開黏合的筷子，那個時候的我，從來我就沒有辦法完整地把兩根筷子分開，但不知道從什麼時候開始，啪的一聲很輕易就能夠讓兩者分離。乾乾淨淨。

「是因為劉襄恩嗎？」

「嗯？」這個人名，從筱清的口中滑出顯得有那麼一點不自在。

「自從她出現了之後，就隱約感覺妳有點不一樣，但因為在班上妳也沒有跟她說話，加上那時候年紀太小也不知道那樣的變化是什麼。但是有人說，以前曾經看過妳放學之後跟她走在一起，所以我想、我想是不是因為她。」

「例如我愛上她之類？或是被她洗腦帶壞？」

筱清很用力地搖頭，「不是這樣的。可藍妳一直以來都很聰明，也很敏感，雖然一直很開朗，但其實很多愁善感吧，在同學會之後我一直在想，那時候的我如果多注意一點就好，如果能多分擔一點妳的心情，是不是就能改變什麼了。」

「我也一直那麼想呢。」

「嗯？」

「如果我那時候做點什麼的話。如果我能握住劉襄恩的手，會不會能夠多少消卻一點她的寂寞。其實她一直在求救呢，用著很冷漠的方式，但其實一直在求救呢。」我盯著筷子的扁平尖端，「但是有些事，錯過的那瞬間，就永遠來不及了。」

「所以是因為這樣，可藍才不跟所有人聯絡嗎？」

「一部分吧。」我看著過去總是一起談論著哪個偶像哪個男孩的筱清，沒想到把話說出口比我想像中簡單多了。「她不過就是個起點。」

「起點？」

「真正的原因，大概是因為劉襄恩讓我不得不面對真正的自己吧。」

老闆親自送來了兩碗親子蓋飯，蒸騰的熱氣也模糊了眼前的筱清，這時候筱清所看見的我，也是被煙霧給遮掩著的吧。

我說：「只有一個人的世界是什麼樣子呢？一開始是因為想要多理解當初的劉襄恩一點，但慢慢地卻發現，當自己的世界中，參與的人一個一個被剔除之後，我居然連一點動搖或者痛心的感受都沒有。到底是為什麼呢？到底有什麼是重要的呢？到底為什麼非得要用力抓握住其他人不放呢？一邊這麼想，就一邊退得更遠了。」

「就算是這樣的可藍，也還是可藍。」

「嗯？」

我抬頭認真地凝望著眼前這個已經一年多不見的女孩，化了一點淡妝，修了眉也剪了瀏海，但事實上卻能夠完好地跟記憶中的影像重疊。

「劉襄恩已經不在這邊了，所以可藍可能會很後悔。但是可藍在我面前，我不想讓自己後悔。我們是朋友，不管怎麼樣我都認為我們是朋友。」

所以其實當初認為最後一個放手的那個人，事實上還沒放手嗎？

「真實是很殘忍的。」

她笑了，「比什麼都看不見來得好吧。」

「每個人，都變了呢。」

06

太陽很大。

即使是冬天，直射的太陽也一樣讓人感到灼熱。

還是提早了十分鐘，但許浚辰已經站在約好的那個路口，半倚在電線桿上，看了我一眼但沒有其他的動作。

反正，無論如何我都會走過去的。

「幹嘛那麼早來？」

「我哥很吵，說什麼不能讓女孩子等。」

「那我是不是該晚一點來，讓你跟張念悠獨處？」

「或是讓她看見妳跟我有不尋常的互動，妳覺得哪一個選項比較善良？」

失望得越早，反而對張念悠造成的傷害越小呢。如果這麼善良的對著她說，可能會被打一巴掌，指著我或者他的額頭痛罵我們太過分了吧。

「為什麼會喜歡上你呢？」

「為什麼會喜歡上我哥呢？」

因為是截然不同的兩種類型吧。人都慣於趨向危險的那一端，卻又在即將觸碰的瞬間為了保護自己而收手。

「你說，是同類適合在一起，還是截然不同的兩個人在一起比較恰當呢？」

「誰知道。」

「如果是你呢？」

「跟同類在一起省事很多不是嗎？但是如果愛情能夠這麼簡單劃分，就不叫做愛情了。」

瞄了他一眼，正想說些什麼就看見張念悠走了過來，略顯快速的步伐，大概是因為看見我們兩個人已經站在這裡，到底是因為害怕被等待，還是不願意拉長我跟許浚辰的獨處時間呢？這兩者間的差異，大概連張念悠自己也分辨不出來吧。

果然是青春的高中少女呢，亮色系的穿著，不誇張但已經夠張揚了，膝上的短裙卻夠彰顯自己氣質的只露出那麼幾公分，恰到好處的拿捏。穿著牛仔褲簡單襯衫的我，怎麼想都很不敬業呢。

「抱歉，我遲到了嗎？」

「我們都早到了。」但是在三個人都提早的情況下，就算自己沒有遲到也會感覺不安吧。

相對性的落差。我們都不想被用這樣的方式不明不白的被丟出集體的圈圈之中。就算只是時間差，差一步都有可能攀不住眾人。

「走吧。」許淩辰用著低沉而平板的聲音打破了沉默。

「我帶了一點餅乾，等一下大家一起吃吧。」

真貼心呢。「嗯，我什麼都沒帶呢。」

「我只是因為家裡剛好有餅乾，所以順手帶出來的啦。不過許淩辰好像說過他不喜歡吃甜食耶，不知道他喜歡什麼？」

「直接問他吧，那種人、喜好應該很明顯。」

「那種人？」

「嗯，我是說他那類型的人。」

「好像也是呢，感覺就會很清楚知道自己要的是什麼呢。」

有時候就是因為太過清楚，反而更加麻煩。

「為什麼會喜歡他呢？」

「嗯？」張念悠很靦腆地笑了，許浚辰倒也不在乎兩個女孩子用他聽不見的音量竊竊私語。「一開始是因為覺得他跟其他男生不一樣，所以越來越注意他之後，就發現他很有主見，而且比其他男生成熟很多。」

「是嗎？」不是因為太過扭曲所以散發一種特別吸引陽光女孩的氛圍嗎？但就算事實是這樣，張念悠大概也無法具切說明吧。

到底是對方真的如此與眾不同，還是因為透過自己的眼放大了他的不同之處呢？

相互堆疊的動作之中，無論原因是什麼，都導向了讓我們懷中的愛情更加濃烈的結果。無論如何只要繼續帶著這種眼光凝望，只會越陷越深吧。

那個時候他的笑容。

膨脹成只要是他的笑容。

接著，只要是關乎於許浚羽這個人，透過我的眼觀看，都因為沾染了愛情的氤氳而失真，營造出美好的柔焦效果。就算明白愛情並不是真的如此美好，然而因而得到「美好的人是許浚羽」的這個結論。

說到底我們啊，不管明白得多麼透澈，還是踏不出愛情設下的迴圈。

「可藍有喜歡的人嗎？」

「嗯……有啊。」

「真的嗎？是什麼樣的人呢？」

強迫塞了自己的秘密給對方，現在要進行強制交換了嗎？

如果我回答是許浚辰呢？

怎麼想都還是覺得張念悠很可憐呢。

然而事實上，推回起點就能發現，當初試圖把許浚辰拉到自己身邊的人就是張念悠自己。並且透過了最不應該的中介點：許浚羽。

或許也因而讓許浚辰用著不同的眼光注視著張念悠，但這樣的眼光對於張念悠而言究竟是符合期待，或者是相反呢？

無論我思考再多也得不到答案的，並且我沒有那樣探究的心思。根本不是我的愛情，涉入也只是徒增麻煩。

「嗯，總之是跟許浚辰完全不一樣的人。」

「呵呵，」果然放心了呢，真是單純的女孩。「聽起來有點壞心的感覺呢。」

「因為，明顯就是很危險的類型呢。」就任何意義而言，都比許浚羽危險多了。

「這裡還好找嗎？」

「老師好。」張念悠照例揚開了燦爛的微笑，似乎和許浚羽心照不宣地看了許浚辰一眼。「約的地方很清楚，而且一下子就看見在那邊等著的許浚辰了。」

「那就好，可藍妳也快點進來吧，裡面比較溫暖。」

「嗯。」在脫鞋的時候，許浚辰似乎刻意放慢了動作，我看著先走進客廳的許浚羽跟張念悠。「很微妙呢，像是兩個同盟各自協力攻取目標一樣。」

我跟許浚辰的目標是許浚羽。

許浚羽跟張念悠的目標是許浚辰。

「怎麼，比起一開始，妳悠閒很多。」

「既然決定要賭，那麼又何必像剛開始那樣。」

那時候的自己，是因為連賭的資格都沒有，因而悶滯在愛情的瓶口，是許浚辰用力彈開了軟木塞，那麼我也沒有什麼好退縮了。

「怎麼了嗎？快點進來吧。」

「嗯。」

兩個光亮耀眼的人，兩個拖曳著陰影的人，面對面的坐在一起，讓我不得不努力忍住笑，就算我所愛的人距離得那麼近，但卻也因而更能在光亮之下看見彼此的差異。

他曾經說，或許他也無法承受外界過重的目光，然而背負的力量取決於對方究竟是誰。所以所謂的愛情，因為對象不同所以具備不同的重量嗎？

因為是甲的緣故，所以我能忍受這樣的痛苦；如果是對乙的愛情，那麼只能說抱歉，我不打算背負這些。採取這樣態度的人，到底明白所謂的愛情嗎？或者愛情的本身，本來就不單單只有愛情？

那麼如果必須要背負的是我呢？

每個人都期待自己是在對方的愛情之中最特別的那一個人，是對方願意背負最多的那一個存在，但都不希望對方會是自己生命中最重的那一個人。因為太沉重，也因為如此一來所必須承受可能失去的不安也最巨大。

所以愛情的意念從來就不會對等。

希望在對方眼裡膨脹到最大，卻不願意對方在自己的眼中擴張到自己無法掌握的範圍。

「在客廳看書可以嗎？阿辰的房間不夠大。」

「嗯，沒關係的，這邊就很舒適了。」

「那我在旁邊改作業，如果有任何問題，或是需要什麼的話，都不要客氣喔。」接著他似乎是刻意對張念悠說：「這是阿辰第一次帶女孩子回家念書呢。」

張念悠果然害羞地低下頭了。

女孩子。們。很明顯省略掉後面那個字呢。

愛情裡存在著兩類人。其中一類人會將自己無限地放大，另外一類人會將自己無限地縮小，大抵前者幸福愉悅很多吧。

「老師為什麼想當老師呢？」

似乎是許浚羽特地留下的伏筆，招呼我們休息的時候很恰巧地發現自己忘記買果汁，接著當然是許浚辰必須出門，而張念悠完美地找到說出「我也一起去吧」的時間點。

但結果是客廳裡只剩下我跟許浚羽兩個人。

愛情的軸線時常在被關注之外延伸。許浚羽和張念悠所盯望的那一條虛線，無論如何許浚辰都不可能讓它成為實線，但因為有存在的必要性，所以他並沒有截斷那樣的虛幻。

到底什麼樣才是不殘忍呢？斷然不留餘地，或是保有對方美麗的期盼？

「其實也沒有偉大的抱負，就是覺得自己的個性滿適合的。有點無趣吧。」

「就算談的話題再無趣，只要對方是自己想聊天的人，就算是橄欖球我也能夠忍受吧。」

許浚羽看了我一眼，動作太過明顯了嗎？「也是，只要說話的是對方就好，會這樣想呢。」

「老師為什麼不交女朋友呢？」

「沒有不交女朋友啊，只是沒有對象。」

「那我呢？」

「什麼？」他的笑容僵在微妙的弧度之上，並不是一種拒絕，我想更多的是在辨認笑意之中字句的真實性。

這個時候無論如何都不能反應錯誤呢。因為許老師沒有這種錯誤的空間，但是許浚羽有。所以眼前微愣的人，還是許老師吧。

「我是說像我這類型的女生呢？很好奇老師喜歡的類型呢。」

「沒有特別的類型，談戀愛的時候通常都是依靠直覺，就是所謂的感覺對了吧。」

「有點意外呢，這樣的答案。」

「是嗎？那妳本來以為我會喜歡哪樣類型的人？」

「氣質成熟美女吧。老師之前不是說過，曾經喜歡過自己的學姊嗎？所以我想，老師應該是喜歡成熟的女孩子吧。」

「我也曾經跟學妹交往過啊，不過這樣越說，好像越覺得自己談過很多次戀愛。」

「學妹……那學生呢？感覺跟學妹沒有距離多遠呢。」

「嗯？可藍在開玩笑吧，要不要吃點餅乾？」

逃避？但不是拒絕。大概該高興吧我。「因為學校很多女孩子都喜歡老師啊，所以這也算是選擇很多吧。很受歡迎呢。一直都是這樣的嗎？」

「只是因為生活中出現一個跟其他高中男生不一樣的對象，所以當然會對我比較有興趣，久了就會轉移注意力了。再說，我也不是那種很受歡迎的類型啊。」

許浚羽把張念悠帶來的餅乾盛裝到玻璃盤上，接著沒有發出聲響的置放在我的面前。

其實我也不喜歡吃甜食，尤其是外表太過可愛的甜食。

「但是在那樣的人群之中，說不定真的有哪個人，是帶著愛情的眼光注視著你的。」

妳想說些什麼呢？如果許浚羽直接這麼問了呢？

但是不會的，不僅是為了保護自己，也為了不破壞平衡的現狀，他絕對不會戳破心中逐漸膨脹的疑惑泡泡。

就是因為這樣，我才能一步一步往前踏近。踏進。

愛情的殘忍並不只是對自身愛情之外的他人，並且是同時對自己、也對自己愛情指向的對方殘忍，很多時候愛情就是一種逼迫，以各種方式讓對方面對自己，以各樣的手段讓對方讓出自己的空間，以任何一句話語，撩撥對方的抗拒。

只是為了貼近對方而已。

所以在貼近之前，必須先打破對方保護自己的堡壘。這就是愛情的破壞力。

「可——」

在許浚羽終於打算劃破沉默，才剛張口的同時，玄關外的門把被許浚辰旋開了。沒有留下反應的時間，竄進的是張念悠開朗但羞怯的笑容。

「我們回來了。」

我們。能這麼張揚地說，是很愉悅的一件事吧。

許浚羽的視線仍然停滯在我的臉上，我給了他一個曖昧不明的微笑，起身接過張念悠手上的塑膠袋。

留下越多的曖昧不明，比投擲等量的愛情能夠得到對方更多的關注與心思。比曖昧還深，比愛情還淺，那是最舉步維艱卻也最美麗的模糊地帶。

「我們買了蘋果汁跟柳橙汁，可藍想喝哪一種呢？」

「嗯，蘋果汁吧。透明的液體總是讓人比較安心呢。」

我望了許浚羽一眼，從這一個定格之後，那天我的視線就沒有在他身上停留三秒鐘以上。沒有注視他就無法得到線索，既不能證實也不能推翻自己的臆測，所以他也沒有辦法採取任何的動作。

現在的許浚羽，背負著許老師的意念太深，他所選擇的只會是剪斷。

「我哥，其實很單純吧。這種人也很容易動搖的。」

「到底愛情是我們的遊戲，還是我們都被愛情玩弄呢？」

「不管答案是什麼，妳都還是想得到愛情。」

「是啊。人就是這麼愚蠢。」我轉著手上的自動鉛筆，「只不過為了一個微笑，為什麼得用自己來換呢？」

「因為愛情從來就不是等價交換。」

看著許浚羽平等地把他的溫暖微笑分享給每一個人，無論是誰都能輕易地得到那樣的弧度，然而我所冀望的雖然述說起來如此簡單，但卻期盼在那樣的溫暖之中找到一道只會通往我的光芒。這是給孟可藍的微笑。我所抱持的期待，到底是不是太過貪心呢？

愛情之中的我們，沒有人能夠大方。就算只是一個微笑也好。

所以張念悠在能夠大聲說出「我們」並且毫不費力就能排除她和許浚辰之外的人們，想必在她的胸口正醞釀著更深的愛情，藉以灌溉她所細心呵護的花朵。

到底會不會開花呢？當這樣的問號慢慢轉變成：什麼時候會開花呢？最後，最後的問號或許就會終止在開花與枯死兩者之一。

我們無法一直等待。十年或者二十年，這種愛情的等待是不可能成為無盡的。

「許老師很努力在幫你們製造機會呢。」

「嗯？唉呦，怎麼連可藍都這樣。可是這樣會不會被許浚辰發現啊，就是好像太明顯了。」

「就算發現他也沒拒絕啊，不是嗎？」這是唯一符合張念悠期望的答案。

「真的嗎？」

「大概吧。」我喝了一口對我而言仍然太過甜的蘋果汁，「妳跟許浚辰，是截然不同類型的人呢。」

「這樣，不好嗎？」

「沒有什麼不好啊，只是一種感想。」

「感覺，和可藍熟了之後，跟一開始給人的印象不太一樣呢。」

熟了？「哪裡不一樣？」

「一開始就感覺妳獨來獨往，但後來發現其實妳人很好，只是常常說的話，感覺都有其他含意，可是我又不太明白。」

「沒什麼特別的含意啊，」我笑，「就是字面上的意思而已。」

「是嘛。」

「總之，今天讓許浚辰送妳回家吧，所以就想辦法待晚一點。」

「什麼？可是這樣，這樣可藍怎麼辦？」

「還有許老師啊，這樣分配很合理吧。」

但是最後我沒有讓許浚羽送回家，在轉角跟許浚辰跟張念悠說了再見之後，我很直截了當地拒絕了許浚羽的步伐。

「有點晚了，還是讓我送妳回去吧。」

「我家很近、這邊人很多，這些都能讓老師安心吧，再說，不過就是在幫他們兩個人製造機會嗎？」

「那我陪妳走到那邊的大馬路吧。」

「太過貼心的話，是很危險的。」看著僅剩微光的天空，這樣的亮度與暗度，我的愛情就只能在如此的隱微之中呼吸。「一不小心就會讓人愛上你的。」或者更愛你。

「可藍不要開老師玩笑了，走吧。」

「嗯，我可是很認真的……」他停下腳步，「開玩笑。」

07

坐在公園的長椅上，安靜地凝望著天空，其實我很久沒有走進這座公園，即使經過也不願意駐足，甚至連眼光也刻意地移開。如果是劉襄恩的話，會喊住我的吧。所以就不必帶著連自己都感到失落的眼光望向那張長椅。

其實我一直抱持著小小的期待，會不會有一天，劉襄恩也像那個時候一樣突然喊住「孟可藍」，帶著她一貫的疏離表情淡淡地說「我回來了」。

然而回來了又能怎麼樣呢？

如果她沒有改變，或者能夠露出比以往更燦爛地微笑，是不是就能夠作為一種安慰自己的證據？

看吧，就算當初我什麼都沒有做，她也不會因為這樣掉進黑洞的。就能夠這樣告訴自己了吧。但是無論如何，我想做的，或許也只是當再見到劉襄恩的時候，給她一個擁抱，告訴她「在愛情之中寂寞的妳，愛情之外還有人陪著妳」。

現在的我終於明白，站在她的位置上，多麼需要一個擁抱。

因為想望的對方，伸出手擁抱自己的機率微乎其微，卻更加膨脹了心中對於那份溫度的渴求。

這是劉襄恩習慣坐的位置，從這個角度用著她的姿勢，是不是能望見那時映入她眼中的風景呢？

在我將視線從幾乎沒有雲的天空移到土黃色的地面上時，他踏進了我的視野。就是右腳，接著是左腳，安靜卻確實地踏進了我的目光之中。

他。我們都期盼是自己所冀望的那個他。

「有什麼事嗎？」

他在我身邊坐下，我並沒有將目光轉向他，而是停留在我不知何時鬆脫的右邊鞋帶上。

「感覺妳今天有點落寞，發揮一下同情心。」

「不需要。」我不想要劉襄恩的記憶之中摻雜進他。事實上，無論是涉入誰都不想。

「妳說不需要不代表妳不需要。就算妳真的不需要，也不意味對方不能給。」

「你把心思好好地放在張念悠身上吧，至少現在離我遠一點。」

「很辛苦吧。這麼近的距離看著他，越近越看清兩個人的不可能。」

「這就是你所謂的同情嗎？」

「一開始妳說不需要的。那麼我也不會浪費無謂的力氣，我想妳需要的也不是安慰，是他的愛情吧。既然不是我能給的東西，我也無能為力。」

「你不就希望我放棄嗎？」

「但不代表我能無動於衷地看著妳的努力。」許浚辰的聲音比許浚羽低沉很多，「妳捧著愛情走向他，我捧著愛情走向妳，張念悠捧著愛情走向我，像個註定破滅的迴圈，不是嗎？」

「告白？還是這也是你攪動遊戲的手段之一？」我抬起頭望進他的雙眼，「那麼，許浚羽會捧著愛情走向誰？」

「我並沒有打算告白，只是希望妳意識到，我們並不是盟友，至少我不是這樣定位妳。至於我哥，誰知道呢。」

「自己愛的人都不愛自己呢，很有趣吧。」

「妳的臉看起來很苦澀。」

苦澀？是嗎？當初看著劉襄恩狀似雲淡風輕的表情，或許那股隱約感到揪心的就是她所散發的苦澀吧。

「你後悔過嗎？」

「一直都在後悔。」

「例如？」

「假使我哥真的動搖了，那麼就是我把妳推向他，光想已經夠讓我後悔了。」

「沒有那種永遠都改變不了的後悔嗎？」

「有。但不是我想提的話題。」

「是嘛。」

許浚辰把我拉過他身邊，壓著我頭在他肩膀上。「妳休息一下吧，就當是我的努力。」

「如果一開始愛上的是你，會不會簡單多了？」

「不會。」許浚辰的聲音很近卻又感覺異常遙遠，「愛情從來沒有簡單過。」

接下來的日子並沒有什麼變化，雖然積極一點或許就能逼近許浚羽一些，然而在鏡子映照之下的我，連自己都能輕易地發現那股疲累。

我說，是因為念書的緣故。我說，大概是因為沒睡好。這樣用來填塞家人用來填塞張念悠問號的答案，我比誰都清楚那不過是謊言。

原來我比自己想像的不勇敢程度還要不勇敢。

本來以為好不容易抓握住一次豪賭的機會，就能不顧一切的放手一搏，反正、大不了就和起初一般什麼都不剩罷了。然而因為能夠走近，自己對愛情與對方也變得愈加貪婪，既然能走近了，那是不是能伸手碰觸，觸碰了對方之後，是不是就能要求一個擁抱。

而在擁抱之後，我是不是就能踩進他的愛情？

人的心會因為靠近而越來越貪婪，尤其是在愛情這種搖搖欲墜卻仍然懸在半空中的狀態，正因太過危險而越發美麗。

我們都極力趨向危險的邊緣，就是為了這份短暫的美麗。

許浚辰對於張念悠的態度，或許也因為我的暫時止步而回復到最初的不反應，但即使採取和起初一模一樣的姿態，也由於彼此的位置改變或者心態的變化，變得不可能一樣了。

對於張念悠而言，兩個人之間因為距離靠得比較近，也因為自己的心思太過明顯但對方並沒有拒絕，因而比過去止步的位置再趨前一些，例如總是隔著一大段距離並且需要藉由第三者或者公務才能開啟談話的她，現在已經能夠習慣走到許浚辰面前聊起自己的生活。

並不是一方靜止另外一個人就會不動。

「可藍？怎麼了嗎？最近妳看起來很累。」

「嗯，大概是最近書念比較晚吧。」

究竟該怎麼樣面對這樣的自己呢？看著許浚羽時就更加疲累的我，卻無論如何都想把握住他在身邊的微笑，因為就算退開，也還是會在任何的縫隙之中，試圖汲取他均分給每個人的溫暖。想著，既然每個人都有，至少我也含括在每個人之中，至少我沒有被他排除。

至少。我們都是在那樣的至少裡，讓愛情以最低限度的氧氣呼吸存活著。

「我只是有點在意。」

「在意？」在意什麼？我時有時無的撩撥？還是在意我？後者我想是不可

能的吧。

「妳跟阿辰。」

「我跟許浚辰？」

「阿辰對妳，好像不大一樣。我有點擔心，當初試著拉近他跟念悠是不是……」

許浚辰是喜歡我。如果這麼坦率地告訴許浚羽，他會有什麼樣的表情呢？在他的世界之中，或許無法接受這麼簡單的陳述也說不定。

因為有愛情，所以必然會有連帶的反應。我們都是抱持著這樣的假定行走著的。當突然有一個人，以滿不在乎的口吻說著「嗯，我就只是喜歡他而已」或者「他是喜歡我啊，但只有這樣」，這樣的話語是很難被接受的，因為我們都設想著兩個人共同捧著愛情才是最美好的終點，所以一個人捧著愛情往往只能是過渡，所以打算自己捧著愛情的人，是沒有辦法那麼輕易被理解的。

雖然說，對於許浚辰或許真的就只是過渡。

但比起這麼簡單的陳述，我想更無法被許浚羽接受的是，張念悠本來就是犧牲品這件事情。

「老師只是給了張念悠一個努力的機會，不管許浚辰抱持的心思是什麼，本來就不是老師必須負責的事情。」

「但妳跟阿辰——」

「連朋友都稱不上。但如果老師非得要定義我跟許浚辰的關係，那麼就當我跟他是朋友吧。」

「有時候覺得，妳跟阿辰都太過早熟了一點。」他的笑容並不如既往的燦爛，反而隱約透露出無奈的味道。「常常讓我不知道怎麼辦才好呢。」

「非得站在老師的立場看待我們嗎？」

「嗯？」

「如果你用許浚羽的身分，而不是許老師的身分來看待我們，那麼這樣的成熟不是讓我們更能對等的對話嗎？」

說到底，我還是在逼迫許浚羽。

「可藍，」鐘聲響了，這大概是魔咒吧，固定時間敲響用以提醒我是學生不是公主，尤其是當許浚羽站在講台上的那五十分鐘。「有很多事，是無法隨心所欲的。」

「不過就是個實習老師而已。連老師都稱不上呢。為什麼要這樣綑綁住自己呢？」

「因為我並不是一個勇敢的人。」

「我也不是。但是我會為了那一個人變得勇敢。」

我們都不是勇敢的人。

而我們之間存在的愛情，有時候會讓我們變得比誰都要勇敢，又有時候讓我們更加退縮而畏懼。

因為不想傷害你。因為不想傷害自己。

因為不想，傷害愛情。

「我哥問我是不是喜歡妳。」

「是嗎？看樣子他私底下做的努力也不少，似乎很怕自己毀了張念悠的愛情吧。」看著一樣聽著 MP3 倚著牆的許浚辰，「那你回答什麼？」

「稱不上喜不喜歡。」

「不乾脆跟他說『對，我就是喜歡她』，這樣他就會自動往後退一百步了。」

「他往後退跟妳自己往後退是不一樣的。」就是要我心甘情願地放棄。

「既然你喜歡，那、你想不想吻我？」

「我不想淪為妳的實驗品，不行就推開，如果沒那麼討厭就告訴自己『其實他也是可以的』，我並不想要那種折衷下的愛情。我寧可什麼也沒有。」

「一般人不就只是想擁有對方而已嗎？」

「如果因為是替代品，妳會願意待在許浚羽身邊嗎？」

「我會。」自嘲地勾起嘴角，望著許浚辰。「沒想到我在愛情裡可以退得這麼卑微吧。」

「去你的孟可藍，去你的愛情，去你的許浚羽，」他扯了扯嘴角，「再加一個，去你的許浚辰吧。」

「愛情真是拖累。越拉越長串，就等於自己身上擔負的重量越來越重。」

「妳很久沒有大吼大叫了。」

我露出一個連自己都感覺久違的笑容，站起身將重量依附在及腰的牆上。

「去你的孟可藍，去你的愛情，去你的許浚羽，去你的許浚辰。」

然後許浚辰也笑了。

我一次又一次地大喊，彷彿是想將阻塞在身軀之中的什麼給用力喊出，空虛也無所謂，但有些時候自己身軀中填滿的那些情緒比空虛還要讓人感到可怕。

最後累了，我蹲下身靠坐在牆邊，微微喘著氣，眼淚卻在情感得到宣洩之後安靜地滑過頰邊。「欸，真的有不能夠存在的愛情嗎？」

「沒有。但社會價值觀下有。」

許浚辰坐到我身邊，將我納入懷裡。「妳就哭吧，我會裝作沒這回事。」

「去你的許家兄弟。」

許浚辰把下巴靠在我的頭上，「我也想說去你的孟可藍。」

「可藍，剛考完期中考，要不要一起出去玩？」

才剛踏進三樓會議室，就聽見張念悠爽朗的音調，雖然說校刊已經完成也交付送印，但一方面是因為習慣，另一方面或許是三個人都有默契的維持現狀，至少對我而言這裡比教室更適合午休。

接著張念悠在我耳邊低聲地說：「人家說一起出去玩很容易擦出火花的，

所以拜託可藍，如果妳去的話就可以約許浚辰，許老師也會幫忙一起去吧。」

在愛情裡，每個人都越來越用盡方法呢。

「是可以啊。不要到遊樂園之類的地方就好。」

「可藍真的很不喜歡人多的地方呢。」接著似乎像是得到盟友的支持一般，張念悠轉向許浚辰的方向。「許浚辰你要一起去嗎？我們可以找許老師一起，因為這陣子常常到你們家念書，成績也進步不少呢。」

許浚辰看了我一眼，「嗯。我哥應該有空吧。」

就是這樣隱約的視線流動，所有事情都因為愛情而變得不單純，但起點卻是因為愛情兩個字這麼單純。

「太好了。那你們想去哪裡呢？」張念悠應該都規劃好了吧。地點時間甚至是情節。

「妳跟我哥討論吧，他應該會有很多地方可以去。」

集體出遊的地方，扣除吵雜的遊樂園、電影院之類，也就只剩下海邊或者郊區烤肉這些選項，如果真的太過青春熱血的去爬山，大概故事情節就會成為中途女方走不動，男方伸出手拉著她走。

無論是什麼場合，總會有一個女孩認為最美好的故事版本。

或者說，只要男主角是自己想望的他，就算是讓人毫無頭緒的浪費錢電影，也都能作為建構美麗藍圖的一條繪線。

「許浚辰沒有特別想去的地方嗎？我的意思是，像可藍不喜歡人太多的地方，那你有沒有特別不想去，或是特別想去的地方呢？」

跳板。我是張念悠愛情裡的跳板。

「海邊吧。」

「你喜歡海邊？」

「也不是。大概，就覺得這樣的組合很適合去海邊。」

「這樣啊……不過海邊感覺不錯呢，那我等一下下課就去問許老師。這個週末可以嗎？因為不確定老師有沒有空。」

「嗯，剛考完試沒特別要做什麼。」我說。

「我都可以。」

看著開心的張念悠，說不定在我們四個人之中，真正會感到困擾的是許浚羽。

隱約察覺自己弟弟對於張念悠並沒有懷抱愛情的意念，然而單單是這樣的不作為，就足以讓張念悠解讀為「可以更進一步」；明顯看見這樣情況的許浚羽，無論是作為一個老師，或者是站在一開始協助張念悠的角色，都會感到困擾吧。

「一開始絕對想像不到呢。」

「嗯？」

在會議室之中的三人構圖，站在我和許浚辰兩人之間的張念悠張揚地宣示自己的青春陽光，坐在她兩側椅子上的兩個人，勉強拉成一條直線。如果認真地指出這樣的安排是三角形的話，或許對於張念悠的立場會感到安慰一些，然而並非如此，站著的她和坐著的我與許浚辰，本來高度就已經不一樣了。

並沒有高低的差別，純粹只是沒辦法直視對方罷了。

所以我一直，避免和許浚羽脫離同一個高度。

「如果不是因為製作校刊的關係，我們三個人沒有辦法變成好朋友吧。」

好朋友？「大概吧。」

我想從來就不是因為製作校刊的緣故，而是我們各自擁抱著想拉著對方一起捧著的愛情，交互糾結之下的結果。

事實上，起點是許浚羽。

「幸好參加校刊社了呢。不過，可藍跟許浚辰都不是校刊社的人耶，這樣想想還滿奇妙的呢。」

這不就意味，事實上張念悠才是局外人嗎？

「無論如何，就算不是校刊，也會有其他的點把我們牽在一起的。」我們只是需要一個理由而已。

「可藍真不像會說出這種心得的人呢，不過能夠跟你們變成朋友真好。」

08

風很大。

提著幾袋飲料餅乾的四個人，大概沒有料想到冬天的海邊會冷到這麼莫名其妙。

但也因為是意料之外，才有足以讓人期待的事情發生吧。

「天啊，風好大喔。」

「好像來海邊太過青春熱血了一點呢。」果然開啟話題的是兩個陽光耀眼的人。

「為什麼要來海邊呢，這麼黏膩的地點。」我和許浚辰緩慢地走在他們兩個人身後。

「因為妳不適合，在沒穿制服的時候，看他看得太清楚。或者相反。」

許浚辰並不想讓許浚羽擁有「我並不是學生」的這個念頭。

但就算認為我不是學生又怎麼樣？許浚羽過不了的始終是背負在自己身上

的目光，就算他的內心開始動搖，太過在乎這些眼光的他，終究會讓那些動搖又被更加定著。

「可藍，妳要下去玩水嗎？」

張念悠很開心地站在前方招手，旁邊站的是帶著微笑的許浚羽，如果一切都能那麼單純就好了。

如果時間永遠停留在這一個瞬間，那我是不是能夠也張揚地勾起微笑奔往許浚羽？但就在我即將跨步之前，許浚辰抓住了我的手腕。

我想已經轉身踏進海水的張念悠並沒有看見這一幕，但許浚羽卻完完整整地目睹了自己弟弟的動作。

也因為這個動作，劃破了三個人都不想面對的現實。

站在我身邊的許浚辰，以及站在我前方的許浚羽。三個人的位置，構成了三邊不等長的三角形，不管就任何方面來看，都不是一個美好的構圖。

「怎麼了嗎？怎麼大家都站在原地啊？」

「沒事。」接著我脫了鞋走向張念悠，如果沒有這麼積極的張念悠，四個人是不會走到現在的這個時空之中的。

踏進海水中的瞬間就是冷。我皺了一下眉，雖然早已預料冬天的海水冰冷，卻比想像中的更令人難以忍受。

「很冷吧，我剛踏進水裡的時候大聲叫了出來耶，不過感覺很青春啊。」

「把他們兄弟倆都拖下水吧。」

「嗯。」

於是張念悠就拉著許浚羽和許浚辰一起踏進海水，或許是因為出遊的緣故，所以張念悠比平常更勇敢地與許浚辰互動，不管是什麼都能被解釋成因為開心的關係吧，所以不管是拉著他的外套邊緣，讓他走進海水，或是主動地遞果汁給他，都太過張揚了。

但是張念悠擁有這樣張揚的權利，我卻沒有。

因為太過專注於許浚辰身上，張念悠絲毫沒有發現燦爛耀眼的許浚羽今天格外的沉默，我猜想是因為許浚辰的那一個動作。不管意味著什麼，似乎都帶有宣示的味道。

不只是宣示許浚辰本身的意念，同時推敲回他動作的出發點，很輕易就能導出我想趨近的人是誰。

在意外的地方，被劃開糖衣了呢。

「老師今天很沉默呢。」

特意從我口中說出的「老師」兩個字，究竟是對於許浚羽的一種挑釁，或是告訴自己這就是現實呢？

「可藍，妳跟阿辰——」

「都說了連朋友都稱不上。如果你是擔心張念悠的話，那也沒辦法，至少你給了她一個努力的機會，至於結果是什麼，如果連這樣都想負責的話，不就太累了嗎？更何況，有些人，是連努力的機會都沒有呢。」

「有些事情是不恰當的。」

「恰當？」望向一次又一次掀起的浪，黏膩的海風讓身上都沾滿了海的味道。「聽起來像是藉口而已。」

「剛剛為什麼拉住我？」

「我不想讓妳走向他。」許浚辰的雙眼太深，讓我什麼也看不透。

「不是你給我這個機會去賭的嗎？」

「我是要讓妳放棄。」

「怎麼放棄得了呢？」我苦澀地對他笑了，「站得那麼靠近，就覺得自己能更加靠近，到底怎麼才能放棄得了呢？」

「我哥是不可能不顧社會眼光的。」

「那又怎麼樣？我根本管不了那麼多。」

「妳只是在傷害妳自己。」

「如果我連傷害自己的權利都沒有，不是很可悲嗎？」

熱燙的眼淚滑過頰邊之後，在冰冷的海風吹打之下，立即轉成凍人的濕冷，我並沒有拭去越來越讓我感到疼痛的冰冷，許浚辰抬起了手，卻又垂放而下。

不管是我或者是許浚辰，都試圖觸碰看似貼近卻遙不可及的那個人。卻又在即將能夠觸碰的瞬間退縮，因為太過渴切而更加恐懼，如果眼前的人不過是海市蜃樓怎麼辦？

就算站在邊緣也無所謂，只要不要確認，就不會有破滅的可能性。我們是這樣自欺欺人的想著的。

說著我在傷害自己的許浚辰，說到底不也是在傷害自己嗎？

「我可以求妳放棄嗎？」

為什麼許浚辰會說出這樣的話來？為什麼一向冷漠幾近無情的許浚辰要這麼低聲下氣地求我放棄？為什麼愛情讓我們都變得這麼卑微？

我的眼淚一滴一滴的往下掉，根本看不清站在我眼前的許浚辰，正因為模糊了他，所以感覺自己像踏在即將陷落的流沙之中，被愛情被許浚羽被許浚辰緩緩地往下拉。

「我一直都想要放棄，但是只要一想到如果一鬆開手，說不定連自己都一起失去了，而且只要還有可能性，我就根本沒有辦法放開手。」

「孟可藍。」許浚辰停頓了很久，「妳清醒一點。」

「你就算喊一百次孟可藍，我也醒不過來。」

我每天都在放棄與努力之間來回掙扎著，想著，不可能有結果的，最靠近的距離也不過就是指尖擦過的瞬間，所以放棄吧，這樣不是很好嗎？至少能保留住他始終爽朗耀眼的笑容；然而下一秒鐘又浮現，但是都離得那麼近，他只是因為背負著太厚重社會價值觀，說不定會因為我而奮力拋開，至少他不是因為孟可藍而退開，而是因為我是學生而他是老師所以不敢靠近。

這樣兩個極端的念頭來來回回，我都感覺自己隨時會斷裂，但卻因為想看見他的微笑，不斷地告訴自己，撐下去，如果放手了那麼一直以來的痛苦又算什麼。

拉扯我的身軀的，是我自己。

那種想放卻又放不了，想抓卻又抓不到，許浚辰不就是最能體會的人嗎？

「如果喊一百次妳沒辦法清醒，那我就抓著妳喊一千次。」

「你都不像我認識的許浚辰了。」愛情讓我們變得都不像自己了。

「妳真的認識過許浚辰嗎？妳的眼裡除了許浚羽之外有看見過許浚辰嗎？」

就連現在想認真地凝望站在面前的許浚辰，也因為不斷流出的淚水顯得模糊不堪，就算想看見許浚辰，卻還是在他的身後朝許浚羽望去。

但是我真正望見的到底是什麼？

「可藍？你們……怎麼了嗎？」

我閉上雙眼，別開了頭，不想讓突然出現的許浚羽看見我沒有辦法止住的淚水。

在許浚羽下一個跨步之前，許浚辰先往前了一步，將我擁進懷中，我能感覺到他那句話語的劇烈震動。「你不要過來。」

「阿辰？到底發生什麼事了？」

「不要知道不是比較好嗎？你只要裝作什麼都不知道就好了。」

「阿辰！」

「跟你說了不要再靠近了，你想讓張念悠也過來嗎？」

我能感覺許浚羽僵著在原地卻無法開口，不知道過了多久，終於他還是轉身離去了，但是許浚辰卻沒有鬆手。

「到最後，他還是會這樣轉身離開的。」

但是可悲的是，只要還不到最後，就還能告訴自己說不定他不會離開。

在回程的途中，車上的氣氛異常的凝滯，連一向帶著微笑的張念悠，也因為納悶而不知如何開口。

最後打破沉默的是許浚羽。

「看來大家都累了，先送念悠回家吧，念悠家是最先到的吧。」

「嗯，謝謝老師，今天真的很開心呢，下次再一起出來玩吧。可藍妳說對吧？」

透過後照鏡我能看見許浚羽的臉，張念悠因為坐在左後方而能看見許浚辰的側臉，都是這樣片段而零碎的印象，不管是對誰，就連對於自己也一樣。

我看了一眼坐在右手邊似乎毫無所覺，又或許是想藉由太過歡樂的音調來改變車內氣氛的張念悠，我用盡力氣拉出燦爛的弧度，一種不管是誰都看得出來是謊言的弧度。「嗯。」

「妳不想笑就不要這樣笑。」

「阿辰！」

「許浚辰？」

在許浚辰可以說是失控的話語之中，一併蹦出的是許浚羽的喝止和張念悠的疑惑。

「可藍？發生了什麼事嗎？」

許浚辰是故意的吧。只要一口氣把現狀打亂，一切就不得不重新整理了吧，就連他原先打算遊戲結束之後就讓她安然退出的張念悠，許浚辰似乎也不顧了。

我斂下雙眼，突然覺得好累。似乎是方才那個笑容耗費了我太多的氣力，所以我一個字也回答不出來。

接話的是許浚羽，「阿辰只是在開玩笑啦，因為可藍很少這樣笑吧，阿辰有時候說話很惡毒的，可藍妳別介意，念悠妳也不要擔心，大家今天那麼開心，所以阿辰才有開玩笑的興致啊。」

實在是太過欲蓋彌彰了。但是張念悠會接受吧，並不是因為愚笨，而是因為與其讓自己陷入沒有底的不安，倒不如全盤接受面前的解釋。

「這樣啊，害我嚇了一跳耶，跟平常認識的許浚辰差好多喔。」接著張念悠又掛上了一貫的開朗微笑，「不過我也是第一次看見可藍那樣笑耶，好可愛的說，多這樣笑的話，追求者一定會排滿走廊的。」

接著像是要塞滿車內的空白一樣，許浚羽跟張念悠繼續著一人一句，一點意義都沒有談話，最大的意義在於不要讓四個人陷入更深的沉默。

「到了呢，在前面轉角那邊停車就可以了，這樣老師比較好開。」

「嗯，早點休息吧，謝謝妳規劃了活動，很棒的海邊呢。」

「那星期一見嘍，掰掰。」

在張念悠關上車門的那瞬間，車內的空氣比一開始更加凝滯。沒有人想開口，也沒有人知道怎麼開口。

再來要離開的是我。

「我在前面的路口下車就可以了。」

但不放我走的卻是許浚羽。

「晚了，一起吃過晚飯我再送妳回去吧。」

「我不餓。」

「吃日式料理可以嗎？這附近有一間不錯的店。阿辰可以嗎？」

許浚辰沉默了幾秒鐘，「吃完飯我會送孟可藍回去。」

三個人坐在餐廳的餐桌前，許浚羽和許浚辰一個人坐在我的右邊，一個人坐在我的左邊，四方桌子的正前方反而是空無一物。

「現在張念悠不在了，可以告訴我究竟發生什麼事情了嗎？」

「沒事。」

「阿辰，你覺得說沒事就真的沒事嗎？如果不是我該插手的事，我不會插手，但是——」

「但是什麼？怕說出口就什麼餘地也不留給自己了嗎？」

服務生把剛剛點的餐送了上來，我還是很習慣的點了親子蓋飯，就算一點食慾也沒有，也還是會順著過去的習慣動作。

「不要追問不是比較好嗎？」

「可藍……」

「如果是因為老師的責任的話，那麼就當作我跟許淩辰在吵架就好了，星期一見面就能和好的那種嚴重程度而已。這樣不是簡單乾脆很多嗎？」

我掰開筷子之後，並沒有將食物送入嘴裡，事實上我們三個人都沒有，我也只是用竹筷子有一下沒一下地戳著冒著熱氣的蓋飯。

許淩羽斂下眼，想說些什麼卻又在張唇的動作之後，一個音也沒有從他喉中滑出。每個字都是艱難。

「但是如果老師真的想知道的話，告訴你也沒有關係喔。」

「孟可藍。」許淩辰用著很低沉的聲音喊著我的名字。

「才這麼幾聲我是不會清醒的喔。這是放棄最快的方式吧。」

最後許淩辰開始把他面前的料理送進嘴裡，似乎是決定不插手了。而許淩羽從頭到尾都在等著我或者許浚辰開口。

「其實，不過就是很簡單的戀愛問題而已啊。」我拉開連自己都覺得燦爛得太過頭的笑容，「許浚辰只是要我放棄那份可能性幾乎為零的單戀罷了。」我說：「但是就算是可能性幾乎為零，也還是不為零對吧，就算一直說服自己放棄，但最後還是鬆不開手啊。」我毫不保留地直視著許浚羽，「老師，你說我該不該放棄呢？」

愛情裡每一步都是逼迫。逼迫著自己。逼迫著對方。也逼迫著凝望著自己的那一個他人。

如果不這麼逼迫，我是無法跨近的。

但在即將將許浚羽推落懸崖的瞬間，我又收回了手，說不定，摔落的是我不是他。「你看，很難的問題吧，所以老師就不用太在意了。」

「為什麼阿辰要妳放棄？」他看了我一眼，也看了許浚辰一眼。

許浚辰似乎是打定主意任何反應都不要給。大概是對我的最大讓步吧。

「大概，是因為看不過去吧。不覺得這樣很蠢嗎？明明就那麼痛苦，而且知道幾乎是不可能得到的愛情，但還死不放手，連我自己都覺得蠢了，許浚辰這麼聰明的人怎麼會看得下去呢。」

但是許浚羽是許浚辰的哥哥啊，怎麼會不知道自己的弟弟根本不會主動插手其他人的事情。

然而許浚辰插手的原因是因為許浚羽，還是因為孟可藍，這是許浚羽亟欲釐清的事情之一吧。但最糟糕的現狀是，兩者都是答案。

「可藍，」許浚羽終於開口了，「很多時候，並不是想要的就能得到。」

「所以我們才會拚死命地去努力。」

許浚辰堅持要送我回家，並且很乾脆地拒絕許浚羽的同行。

「讓許浚辰送我回去吧，畢竟我們今天吵架也要有和好的機會。」於是許浚羽放手了。

走在人來人往太過光亮的路上，兩個人一語不發地走著，比平時緩慢很多，也比平時沉重很多。

剛才的許浚羽，話意之中透露了他的動搖。

……很多時候，並不是想要的就能得到。

「這樣，我到底是該放棄？還是奮力一衝呢？」

「妳從我身上得不到答案的。」

「我們都在逼對方，也在逼自己呢，愛情為什麼會把人弄得這麼疲累呢？」

許浚辰拉住我的手，「如果累了就讓自己休息，至少我不會放手。」

「我一直覺得這是報應呢。」望著許浚辰拉住我的手，那個交界，是我曾經想拉住劉襄恩但沒有伸出手的遺憾。「如果我當初給她一個擁抱就好了。」我很後悔。我真的很後悔。後悔到明明看見有人伸手試圖擁抱我，卻認為自己沒有資格得到這樣的安慰。

「我曾經遇見過一個女孩子，大概比我更痛苦吧，因為她得到了愛情之後又被用力揮開，曾經看著那麼努力的她，所以連放棄都覺得困難。」

「那是她的愛情，不是妳的。」

我靠在許浚辰的肩上，他的溫度和他的氣味包裹住我。「如果我能給她一個擁抱，她是不是就不會那麼寂寞了……」

許浚辰抱住我，什麼話都沒有說，就只是堅定地抱著我而已。

「我在你身上得到的這些安慰，可能很難在愛情裡還給你怎麼辦？」

「那就先當我是朋友吧。」

09

時間並不會因為我們感到太過疲累而靜止不動，反而在我們難以前行的步伐之中流轉得更快。

從許浚辰開始在午休的會議室缺席開始，沒過多久就只剩下我一個人打開會議室的門，然而在這個時空之中，被排除的只有張念悠一個人，無論是在四樓的社團教室，或者美術館的樓上，和許浚辰的來往反而比過去更為頻繁。

但是今天旋開三樓會議室門把的人，除了我之外，還有張念悠。

「可藍？」

「嗯。」

我並有給張念悠太過熱烈的回應，一直以來都是這樣，人們期待對方給予比自己給出的量更多的回應，卻從來沒有考慮過自己是否能夠承載這樣的重量。如果我給張念悠一個燦爛耀眼的笑容，那麼她所將要背負的並不是陽光的熱度，而是隨之拉長的影子。

我的注意力短暫地從書中拉到張念悠身上，她一步一步朝我走來，這麼輕易就能因為許浚辰放棄她搭起的會議室小天地，那麼今天之所以踏進來的原因，不必開口也昭然若揭。

許浚辰退後得很突然，但事實上他只是站在原地任憑張念悠靠近，但似乎每個人都太過疲累，再加入毫無所知卻總是扮演拉起四個人這張網的張念悠，很快就會失衡的。

我們都負荷不了這樣的重量。多一份愛情比多一個人來得難以承載。

「感覺有好一陣子沒有跟可藍說話了呢。」

「是嗎？大概吧。」除了在許浚辰家的讀書聚會之外，唯一會和張念悠說話的地點也只有這裡吧。

「雖然說本來校刊結束之後就可以不用來會議室了，但三個人都很有默契地繼續待在這裡，可是為什麼突然許浚辰就不出現了？」

張念悠期待在我身上得到什麼答案？

「不知道。大概是膩了吧，也可能是想在教室休息吧。」

「是這樣嗎？在教室他也不太理我了說，是不是我做錯了什麼？感覺他比之前距離更遠了……」

因為曾經靠近過，所以才有這種相對距離的比較。就算現在許浚辰站的位置，和起初他們兩個相隔的位置並沒有多大的差距，甚至還因為曾經擁有過某些共同記憶而比起點更接近，但因為曾經趨近過，才會感覺現在的距離格外遙遠。

也格外難以忍受。

一直想著，到底是發生了什麼事呢？是不是自己做錯了什麼呢？或是對方到底在想些什麼呢？

事實上我們並不是真正想得到答案，只是想拉回原本的貼近罷了。

「直接問他不是比較快。」

張念悠大概因為我毫無情緒起伏的回應而沉默了一陣子，接著她緩緩地走到我面前，迫使我不得不抬起頭將目光轉向她。

「那天，就是去海邊的那天，發生了什麼事情嗎？」

「妳不是也都在嗎？什麼事情都沒有發生啊。」

「可是一切就是從那天開始改變的。那個星期一開始，許浚辰就沒有出現在這裡過了，跟他說話他也像對每個女生一樣冷淡，我以為我和他已經能算是朋友了……問過許老師，他也說什麼事情都沒有，但是不可能吧，怎麼可能才短短一天的時間，就全部變得不一樣了。」

事實上，只是張念悠不知道而已，所有的事情從來就沒有改變過。

然而在她的世界之中，也確實是一夕之間產生了難以理解的變化，並且不是自己願意接受的方向。

到底真實是什麼呢？是我們確實看見的那一個面相，或者是表面之下流動的緘口不語呢？

「妳說的改變到底是什麼呢？」

「什麼？」張念悠因為我的問號而微愣，「本來不是都好好的嗎？可以輕鬆地談笑，還可以一起念書、一起出去玩，不都是朋友嗎？連可藍也，連可藍也突然距離得好遠。」

我們從來就沒有靠近過。這麼說出口很殘忍吧，但是真相往往就是這麼殘忍。

「所以妳想說些什麼呢？如果是想回到過去這種話，應該要對許浚辰說吧，畢竟，我可是三個人之中，唯一一個天天到會議室的人呢。」

張念悠，還是不要理解比較好吧。

「張念悠今天到會議室，問我到底為什麼會變成這樣。」

「不是跟一開始沒什麼兩樣嗎？就是回到原點而已。」

「如果能回到原點就好了。」我看著沾了一點泥土的白色布鞋，「因為靠近過，所以比一開始更難接受遙遠。」

「那是她的問題。而且，如果繼續靠近，她受到的傷害只會更大而已。」

許浚辰這句話指涉的是張念悠，還是我呢？

「但是就算知道會受傷，還是想繼續靠近呢。」看著一如既往坐在樓梯上聽著MP3的許浚辰，「你不也是這樣嗎？」

「我們都試圖讓對方放開，但自己卻都放不開。妳是要我承認這件事嗎？」

「承不承認有差別嗎？」

一點差別也沒有。就算打死不承認，事實也還是事實。

在那天之後，我停下了任何試圖靠近許浚羽的腳步，再逼近一步或許倒塌的不只是他，連我也承受不了這樣的緊繃。真正停下來之後，才發現原來自己的疲累已經超出自己所能負荷的重量了。

時常我們都以為自己可以，可以承受這樣的痛苦，可以忍受這樣的緊繃狀態，可以負荷這份愛情的邊緣性，然而究竟是認不清自己，或是根本沒有好好地看看自己，一味地逼迫自己擔負下一切，因為只要一鬆手，說不定就全盤皆失了。

說到底，能夠讓自己崩壞的也就只有自己而已。

「你看過彩虹嗎？」

「小時候曾經看過一次。看過之後才發現，根本沒有想像中那麼漂亮。」

「我總覺得愛情就像彩虹一樣，就算看了覺得沒有照片或者想像中那麼美麗，但會覺得是運氣不好或者角度不對吧，並不會怪罪到彩虹本身。因為太過難得了啊，要恰好的陽光跟恰好的雨，所以角度不對也很正常的吧。所以這樣一直告訴自己，只要跑著跑著，總有一天能夠找到觀看彩虹最美麗的那個角度。」

「但是跑著跑著彩虹就消失了。」

「所以才讓愛情更加美麗吧，因為在找到所謂正確的角度之前，就已經消逝了。」我扯了扯嘴角，「所以就算知道事實又怎麼樣呢，我們還是寧可相信美化過的形象。」

因為我們都不想放棄，那個建構在完美構圖下的炫目愛情。

「可藍。」

在離開校門之前，喊住我的是許浚羽。

我停下腳步，並沒有朝他走去，也沒有給他任何的回應。

為什麼呢？為什麼我都已經停下腳步，他卻還要朝我走來呢？

「一起走吧。」

「老師家和我家並不順路。」

「那就當作今天我想散步吧。」

我並沒有主動開口的打算，我也不去猜想許浚羽是不是刻意在校門口等我下課，意識到自己太過疲累的事實之後，連面對許浚羽時，都會有種疼痛感在胸口泛開。一點也不劇烈，相反地像是呼吸不順暢但仍然能吸進空氣的微痛。

「最近，還好嗎？」

「不好喔，一點也不好。老師不會想聽見這種答案吧。」

「可藍，我們站在不同的立場上。」

立場？「如果你直接承認自己膽小，我會覺得比較乾脆一點。」

「我是很膽小。」我停下腳步望向他的側臉，距離我一個跨步也暫停前進的許浚羽，用著和過去任何一個時點都不同的眼神凝望著我。「我怕對方受到傷害，我怕自己受到傷害，我怕任何人因為我的愛情受到傷害。」

「但是你的害怕已經是一種傷害。」

我消弭了我和許浚羽之間的那一個跨步，將頭輕輕抵在他的胸口。「就算只有這麼一瞬間也好，能不能拋開一切，就把我當作孟可藍來思考？」

「可藍……」

「現在在你面前的，什麼都不是，就只是孟可藍而已。」

許浚羽的嘆息很輕很輕，卻重得足以讓人動彈不得，聽著他的心跳，靠得那麼近之後我要怎麼忍受之後的遙遠呢？

他輕輕握住我垂放在兩側的手，低啞但清晰的聲音伴隨著震動傳到我身軀之中。「光是這樣的動作，對我而言就已經很艱難了。」

「但是光是這樣的動作，就足以讓我花上一輩子去記憶。」

我的淚水安靜地滑落，沾濕了他的外衣。「許浚羽。打從第一眼見到你的那一刻起，我就只是把你當作許浚羽而已。」

「我們的差距到底有多大？你也不過就是大學剛畢業，五歲還是六歲，這樣的年紀到底差距有多大？我們之間的距離，在你眼中就是『老師』跟『學生』那麼遙遠。」

許浚羽握緊我的手，「可藍，我們之間的距離並不只有老師和學生，還有、還有……」

「還有？」我沒有辦法回握許浚羽的手，只要一用力，或許我就再也放不開了。「還有許浚辰嗎？」

「阿辰喜歡妳吧。」

「那又怎麼樣？你要考慮這世界上所有的人嗎？愛情是自私的，你能不能為了自己自私一點？」

天空只剩下一絲微光，在這樣的光亮之中，事實上我們是看不清彼此的，或許正因為這樣的模糊，因而讓許浚羽有了多一點的勇敢，因而讓我有了多一點的不顧一切。

「妳會受到傷害的。」

「在愛情裡，我們每個人都註定要受傷。」

我和許浚羽並沒有因為彼此曾經交握的手而跨過那一步遙遠，說不定因為太過貼近的瞬間，徹底了解我和許浚羽之間事實上到底有多遠。

一樣是在教室之中望著講台上的他，然而無論是我凝望著他的眼神，或者是他短暫停留在我身上的目光，都已經和那天之前不同了。

即使事實上沒有太大的改變，然而戳破了一直緘口不語的心思，便足以動搖整個世界。

我刻意避開他的目光，也躲開任何一個會和他有太多接觸的場景，安安分分地做一個學生就好，或許這就是許浚羽起初盼望的回歸吧。

然而當我開始後退，為什麼他又要朝我走來呢？

「妳跟我哥發生了什麼事嗎？」

「能有什麼事？許老師始終是許老師。」

四樓教室裡飄散著空虛的氣味，不管塞進了一個人、兩個人，或者是五十個人，也還是空虛。我們只是藉由喧鬧來掩飾這樣的空蕩。

「他挑明了問我，是不是喜歡妳。」

「是嗎？」

「我哥那種個性的人，沒有刺激是不會讓他這麼直接的。孟可藍，妳跟我哥到底發生了什麼事？」

許浚辰的聲音比平常壓迫許多，然而他仍然是維持著同樣姿勢坐在椅子上，目光卻膠著地盯望著我。就是這樣的太過專注，讓空氣變得格外凝重。

「為什麼要那麼激動呢？就算發生什麼，也不過是讓我累積放棄的力氣而已。」

我別開頭，避開許浚辰太過深沉的雙眼，擁有太過相似心思的我們兩人，無論是什麼謊言都會被輕易看穿吧。

「妳真的要把自己傷到體無完膚才甘願嗎？」

「擦傷跟骨折差別很大嗎？不都是受傷嗎？為什麼不能讓我乾脆一點往懸崖下跳？」

「既然妳都知道是懸崖，為什麼非得要往下跳不可。」

「因為懸崖之下可能會有許浚羽。」

在我話語的句號之上，在我和許浚辰之間的空氣頓時凝結，他沒有移動，我也僵直在原地，用著壓抑音調談話著的兩個人，卻因為這樣的壓縮而讓字句之中夾帶著更強大的力量。

「那麼在懸崖上努力要拉住妳的許浚辰，就可以毫不猶豫地甩開手？」

不要用那麼苦澀的眼神看我，我不想在許浚辰的雙眼之中看見和自己相同的苦澀。因為體會著相同的痛苦，所以更能明白他低沉聲音之中蘊藏的疼痛。

我們都太過習慣對於自己的悲傷視而不見，也太過習慣對自己的痛苦輕描淡寫。

「許浚辰……」

「我不會說出『我就不行嗎』這種話，但是妳能不能多待在懸崖上一陣子，至少能夠看清楚我的樣子。」

「我沒有辦法給你任何期盼。」

「我要的不是期盼，只要妳認真地看清楚許浚辰這個人，看清楚之後就算決定甩開手，至少我知道妳曾經看見我。」

目光定著在許浚辰的雙眼，這麼望著他就能感覺到一股心痛，所以許浚羽才會無意地避開我的幽黑嗎？

許浚辰站起身，一步一步趨向我，坐在位置上的我並沒有任何的動作，就只是專注地凝望著他。

如果我能夠看清楚許浚辰，那麼之後呢？

懸崖之上伸出手努力阻止我跌落的許浚辰，以及懸崖之下不知道存不存在的許浚羽，跳與不跳的抉擇，只會在看清他之後更加艱難。

最後他終於走到我面前，微微彎下身，他的臉停留在距離我不到五公分的位置。「至少，看著我的眼睛就好。」

「可藍？許浚辰？」順著聲源望過去，看見的是張念悠一臉不可置信但強作堅定的模樣。

許浚辰緩緩地挺直身體，並沒有多作解釋，但我卻異常確定他不會只留下我面對張念悠無言的控訴。

現在張念悠眼中的我，已經被套上罪人的標籤了吧。

「我、我只是聽可藍班上同學說，妳往樓上走，所以想說能不能找到妳，我不知道、我不知道……」結果先作解釋的是張念悠。

什麼都沒有喔。就算這麼對張念悠說，也不可能被採信吧。

「妳找孟可藍有什麼事嗎？」

許浚辰不該開口這麼問的，但就是因為他自己也太過清楚，所以用以一次敲碎已經出現裂痕的張念悠的心吧。

……妳找孟可藍有什麼事嗎？

這句話已經分化了在許浚辰心中的妳，以及孟可藍。

「我只是、我只是……」張念悠握緊了雙手，「沒事。」

接著轉身離去。

「最後還是每人都受到傷害了。本來想讓她遠離這場混亂的。」

「是她自己硬是要踏進來的。」

「但是，卻是我們給她這個機會踏進來的。」

我們每個人都是共犯。

10

「可藍，這到底是怎麼回事？」

「妳想要的是一個解釋，還是一個事實？」

張念悠抱著自己的雙臂倚在會議室門口，臉上還殘留著昨日的不可置信，但似乎經過一天認真地平復自己的心緒，所以只要站得那麼遠，她就能夠平靜地說出，大概在夜裡反覆過好幾百次的問句。

這到底是怎麼回事？

事實上我們都不想知道答案，卻不得不追究答案。

「有什麼不一樣嗎？」

「如果妳只是要一個合理的解釋，很輕易就能讓妳滿意；但如果妳要知道事實，妳最好先評估自己承不承擔得起。」

「我聽不懂……」

「有時候什麼都不懂反而是最幸福的。」

「為什麼感覺就只有我一個人被排除在外，許老師也知道發生了什麼事情吧，但為什麼每個人都跟我說沒事。」

「因為每個人都覺得這樣對妳最好。」就算這麼說，張念悠也絕對無法接受吧。

「就算這樣，我也還是想知道，到底發生了什麼事，我沒有辦法接受這麼突如其來的改變，卻什麼理由也不給我。」

「其實什麼都沒有改變過……」我低聲地說著，或許也不是，在張念悠之外的三個人，相互拉扯的線因為每個人的拉扯而繃緊在斷裂的臨界。「妳放棄吧，對許俊辰懷有期望是沒有用的。」

「……為什麼？」張念悠抓緊了自己的手臂，彷彿只要鬆手，自己就會崩落一般。「昨天妳跟許浚辰……妳明明知道我喜歡他。」

「就算知道又怎麼樣？妳真的那麼天真的以為，只要昭告天下就沒人跟妳搶嗎？因為妳喜歡他，所以我就必須為了妳往後退？妳說，妳到底憑什麼這樣認定呢？」

咬著下唇的張念悠，她的唇太過泛白而臉色卻因為被激起的情緒而呈現突兀的紅，是她堅持要知道真相的，為什麼還要擺出一副我不該說這些話的可憐表情？

看著這樣的張念悠，我突然湧生一股極度厭惡的心思。

「更何況，妳真的以為愛情裡只要有人後退，他人就能夠靠近嗎？妳不必把目標放在我身上，我不愛許浚辰，只是許浚辰不愛妳而已。」

我們寧可接受因為有第三人的緣故，讓我們得不到自己想要的愛情，也不想面對，就算空地之中只站著自己和對方兩個人，卻還是得不到對方的愛情。

「妳為什麼要這樣？」

「我為什麼要這樣？」我嘲諷地笑了，但到底是嘲諷自己，還是把所有過錯都推到別人身上的張念悠。「妳不是想知道事實嗎？現在我告訴妳事實，又像是全部的錯都是我造成的。這樣的事，妳做得很得心應手呢。」

這麼卑劣的我。正在毀壞的究竟是眼前的張念悠，還是自己軀體之中仍懷有希望的那部分？

「我……」

「既然沒辦法接受事實，為什麼一開始還要窮追不捨？」

「我不懂！明明還好好的，許浚辰對我的態度也跟其他女孩子不一樣吧，為什麼突然、突然會變成這樣，我根本就不懂。」

是張念悠不懂，還是她不想懂？

「不一樣？」我抬眼直視著絲毫不敢移動的張念悠，「什麼叫做不一樣？因為沒有拒絕妳？妳怎麼能確定要是有其他女孩子靠近他，他就不會有一樣的反應？妳怎麼能那麼堅定地說，妳就是特別的？」

「我……」

張念悠終於承受不住，眼淚無法遏止地滑落，她咬著唇似乎極力讓自己不要哭出聲來，她就這樣一動也不動地倚在牆邊，僵直地看著我並且流著淚。

如果在這個時候，給張念悠最後一擊，我想粉碎的不只是她對許浚辰的愛情，連對現狀的美好幻想也會一併碎裂。

對她而言一次放棄總比死抓著不可能來得輕鬆多了吧。

至少不會像我一樣，浮沉在這樣的遙不可及之中，呼吸都是疼痛。

「妳……」

「孟可藍。」

在我開口的瞬間，突來的一道聲音與身影喝止了我。我抬頭望向闖進這個不該屬於他的空間的身影，嘲諷地扯動了嘴角。

說到底，原來我企圖粉碎的，是我自己。

「念悠，妳還好嗎？」

我逼迫自己不能別開眼，讓自己不得不親眼目睹這一切，目睹來自許浚羽的責難眼光。

張念悠搖了搖頭，用手胡亂地抹去了臉上的水痕，或許張念悠比我們任何一個人所想像的都還要堅強，她抬起泛紅的眼，用哽咽的聲音，卻異常堅定而清晰的目光投向許浚羽。「許老師，為什麼你們每個人都不肯跟我說實話？」

因為張念悠想知道的實話，牽扯的不只是她和許浚辰，還有我和許浚羽。

「念悠，感情的事情不能勉強，我很抱歉我在問清楚阿辰心意之前，就答應幫妳製造機會。」

「不只是這樣吧，老師，許浚辰喜歡可藍嗎？」

「就算是又怎麼樣。」

「可藍！」

「反正就是要讓她死心，只要有一個能夠讓她放棄的理由，不就夠了嗎？你到底要保護她到什麼地步，你以為這樣真的能讓她不受到傷害嗎？不放棄只會更痛苦。」

不放棄只會連呼吸都痛。

「至少許浚辰沒有給她任何希望。」

我的目光直視著許浚羽，他站在張念悠的身邊，而我站在距離他好幾個跨步之外的另一邊，無論是什麼時候，我和他始終無法站在同一邊。

但為什麼，又要讓我懷有，他可能走過來或者那邊有路讓我往前的幻覺？

「老師……？」

「念悠，妳可以先回去休息嗎？」

「為什麼？」

「念悠。可以請妳先回去嗎？」

許浚羽的聲音異常堅定，來回張望我和他的張念悠，想說些什麼，卻還是決定閉上唇轉身離去，在離去之前，也順手帶上門，留下一室悶滯，也隔絕了這個空間和之外的世界。

「可藍……」

「因為是不可告人的秘密嗎？不能接受也不能提起，我的愛情就這麼讓你感到不堪嗎？」

「我們不能有愛情。」

「既然不能為什麼不乾脆讓我死心，還要留下讓我靠近的餘地。」

我的淚水一滴一滴地滑落，而我帶著淚水一步一步朝許浚羽走近，最後停駐在距離他一個跨步那麼遠。「為什麼不後退？為什麼不別開眼？為什麼要用這種想伸手卻不敢伸手的眼神望著我？」

「許浚羽，為什麼你不能勇敢去愛也不能勇敢拒絕我？」

我的頭無力地貼靠在他的胸口，腳步卻沒有往前移動，我們之間的空隙，永遠都無法被填補。「你只要跟我說：孟可藍，我不愛妳，孟可藍，我不可能愛妳，我就能說服自己放棄……」

終於許浚羽伸手擁抱我，但我卻不知道，這會不會是他短暫的勇氣。

至少，我能擁有這一瞬間，他主動遞送給我的溫度。

冬天的陽光比想像中還要刺眼，就像是愛情比意料的還要灼燙。

我想起許浚羽短暫的擁抱，也許是意味著開始，又可能是一種結束。同樣的動作，卻可能衍生出相悖而行的兩條路徑。

但是中心點都是許浚羽。

我感覺好累。不管是身體或是正在跳動的心臟。

像是逐漸蔓延的疲累感，就算一動也不動地坐在椅子上，只要心臟跳動或者只是一上一下的呼吸，那股疲累感就只會加劇而不會減緩。

看著模糊成一片的路的盡頭，終於我還是撥了筱清的電話。或許一直以來，她的存在就是被我視為最後的避風港吧。

於是我和筱清坐在那座公園裡，就是留有劉襄恩記憶顏色的那張長椅上，之上的筱清安靜地注視著我，在一陣沉默之後，她的聲音劃破了兩個人無聲的拉扯。

「怎麼了嗎？妳看起來好累。」

……妳看起來好累。很久之後回想起來，或許就是因為這句簡單的敘述，而讓我捍守已久的脆弱一次崩盤。

一句話都還沒有開口對筱清訴說，我的眼淚就無法遏止地流下，像是要把自己掏空一般瘋狂地流著，我摀著嘴深怕自己在眼淚之外會叫喊出聲。筱清只是很用力地抱著我，一邊告訴我「沒事的，沒事的……」，我抓緊自己的身軀，感覺自己就要碎裂一樣。

「我真的不知道該怎麼辦才好……」

從來我就不是一個堅強的人，疏離的態度或許只是因為那一天的我，突然發現了這個事實，害怕總有一天會被看穿，所以一步一步地往外退。

但到底堅強是什麼？到底我們為什麼不得不堅強？

我並沒有這樣問過自己，只是一味地告訴自己堅強，我所以為的堅強，就是不倚靠任何人，最終的結果就是自己死死地綑綁了自己。

不知道過了多久，但天色開始昏暗，終於我的情緒漸漸平復，但筱清還是擁著我。「不想說的話也沒關係，如果要說的話，我都會聽。」

為什麼可以支持這樣一個一步一步退離她的人呢？

靠在筱清的懷裡，我不知道自己有多久沒有像這樣倚賴一個人，不管是朋友也好、家人也好，就算是許浚辰或者許峻羽的擁抱，那麼近的距離，隔絕我的人卻是自己。

「我不知道該不該放棄才好……

「我愛上一個人，但每個人都說那是個我不該愛的人，他是我們學校的老師。」視線的落點並沒有聚焦，就只是模糊地投射在某一個恰好的區塊。

「我本來想，就在講台上看著他就好，反正畢業了，或者他離開了，時間會沖淡一切的吧。

「但到最後我還是貪心的吧。他的弟弟也是我們學校的學生，他說『因為要讓我放棄』，所以讓我有機會能夠靠近那個人。如果明白地知道不可能，就能夠告訴自己放棄啊，雖然不願意，但不管是放棄還是那微乎其微的可能性，我都想抓住。

「現在他開始動搖了，卻在動搖之中不斷地告訴我『不可能』，而且……」不管是許浚羽或者我，都不可能忽略許浚辰。「他弟弟喜歡我。」

「我想放棄，但卻放不開……」

筱清拍著我的背，「我還不是很明白可藍的狀況，但是，至少要讓可藍知道，不管怎麼樣我都會支持妳。」

她的聲音異常清晰地傳進我的耳中，「愛情這種事，好像我想幫也幫不了。又是老師，又要考慮他弟弟，光想像就能知道可藍一定很辛苦，但是可藍說想努力，不管是努力去得到愛情，還是努力去放棄，只要不要讓自己後悔就好。」

「我們都會有遺憾，但我們可以不要讓自己後悔。」

大概很久很久之後，當我能夠很平靜地說著「那個時候」的那一天，我會想起許浚羽、許浚辰，還有默默努力著的張念悠。在筱清的話語之中，我漸漸明白，大多時候對於遺憾和後悔我們根本分辨不清，所以總是努力地抓握，想著，既然分不出來，那就通通都不要落入。

然而人是不可能沒有遺憾的。

我們的人生就是藉由反覆的遺憾堆疊出來，並不是只有遺憾，而是因為遺憾讓我們知道怎麼前進。

不要後悔就好。我會認真地記住這句話。

「對不起，突然找妳出來，還哭得亂七八糟的。」

筱清微笑地搖搖頭，「雖然看見可藍哭成那樣，但其實在難過之外也有點開心，這表示可藍相信我吧。但也因為可藍習慣把所有的東西都自己吞進去，所以也會很擔心吧。」

「謝謝妳。」

「說什麼謝謝啦，不過妳有什麼事情，記得要說出來，雖然我可能一點忙都幫不上。」

看著因為覺得幫不上我，而有些無力的筱清，事實上，她的聆聽她的支持都已經是最大的溫度了。我要的並不是一條明確的指示，也不是建議或者實質的幫助，我只是需要支持的溫暖。

「至少，我知道我有地方可以大哭了。」

感覺著有點疼痛的雙眼，但我跟筱清相視而笑，情感大概就是這麼複雜又這麼簡單吧。

天氣越來越冷，看著灰暗不明的天空，我拉了拉身上的外套，並且讓圍巾確實地包裹住脖子，一如既往的緩慢步伐，自從有許浚羽，學校就已經不是單純的學校了。

尤其今天有英文課。每當想起今天許浚羽會站在離我那麼近的講台上，心情就很複雜，尤其班上女生對於許浚羽的談論並沒有如預期退燒，而是在他一貫或許又在最近添上了莫名又隱微的憂鬱感的笑容，更加吸引女孩們的注意力。

就算沒有辦法獨佔他的微笑，至少能把那抹憂鬱當作是指向我吧。

這麼想著，就有一種酸澀又開心的感覺。

「為什麼在這裡？」

「等妳。」走到途中，跳進視野的是站在路邊的許浚辰。

我靜靜地站在他的面前，認真凝望著許浚辰。「我還是不打算放棄，雖然快要掉下懸崖了，但只要懸崖下可能有他，無論如何都還是想確認吧。」

許浚辰沉默地望著我的雙眼，並沒有對我決定不放棄這件事情多說些什麼，只是淡淡地說：「妳看起來好多了。」

一直注視我的他，勢必是最能察覺我的疲憊的人吧。

「是因為擔心我嗎？所以才特地來這裡。」邁開步伐，我和許浚辰肩並肩緩慢地往學校的方向走去。

「當在獻殷勤不行嗎？」

我輕輕地笑了，「謝謝你。」

「謝什麼？」

「沒有。」我深深吸了口氣，「在看著許浚羽的時候，我是沒有辦法看清你的，所以，不管是為了誰都好，我決定先釐清許浚羽。」

「即使受傷也沒關係？」

「已經受傷了不是？再說，不要後悔就好。」

後悔，也許是一輩子都癒合不了的傷吧。

「妳今天正向成這樣，我都覺得自己不是在跟孟可藍說話了。」

「要看我以前的照片嗎？每一張都笑得很燦爛呢。」

「沒興趣。」他短暫地瞄了我一眼，「看著妳就好了，沒必要看照片。」

「這句話不管對哪個女孩子說，都能打動對方吧。」

「但妳沒有。」

「如果沒有許浚羽的話……但這樣的前提，本身就已經對你不公平了吧。」

許浚辰並不想讓我繼續陷入許浚羽的話題之中，至少他越來越不願意和我談起他。「昨天張念悠來找我。」

「說不定，她比我們任何一個人都還要堅強。」

所以許浚辰應該已經知道，昨天我和許浚羽可能發生了什麼事吧。然而他並沒有追問。

「我沒有給她任何解釋，但我想，懷有那種自己在之中卻又被排除感受的她，並不會那麼簡單接受現狀。她在乎的大概已經不是我到底喜不喜歡她這件事了，而是想要看清自己究竟踏在什麼地方。」

「說不定她只是想確認你是不是喜歡我。」

到底為什麼非得要確認這些不可呢？

明明就已經得到對方不喜歡自己的結果了，卻不能坦然接受「對方就是不喜歡自己」這麼簡單的理由，而比一開始更加積極地想要找出對方身邊或者心裡是不是存在著另外一個人，那麼或許就能告訴自己，是因為自己晚了一步，而不是對方無法接受自己。

說到底，也還是自欺欺人罷了。

無論如何，我們想保護的，都還是自己。

「知道了又怎麼樣呢?光知道也改變不了任何現狀。」

「因為沒有辦法吧。」沒有辦法接受自己無緣無故地就受到傷害，或許被排除在外。

我們都想要知道真相，卻又不想接受真相，因為往往極力去追求的真相，都會帶給自己傷害。

張念悠還是推開會議室的門了。

我沒有做出任何特別的反應，或許是已經預料到她不會輕易放棄，視線從書上移到她身上，她必然會打破沉默。張念悠並不是一個善於等待的人。

「我還是沒有辦法就這樣當作什麼事情都沒有發生過。」我看著張念悠，等著她未完的話語。「我只想知道，許浚辰是不是喜歡妳？」

「知道之後又有什麼差別？」能夠更完美地自欺欺人？

「至少，不要像是把我扯進來，但我卻一無所知。」

「他是喜歡我，這樣妳滿意了嗎？」

「既然這樣，為什麼一開始要給我希望？」

張念悠的聲音聽起來像是控訴，為什麼要對我說呢？為什麼不去對許浚辰或者許浚羽說呢？我並不想逃避或推卸什麼，只是看著這樣的張念悠，到底她有什麼資格把自己當作最痛苦的人？到底憑什麼以所有人都傷害她的姿態大聲吵鬧？

「希望？」我冷冷地笑了，「到底誰給了妳希望？」

我站起身，一步一步走向張念悠。「妳說啊，從頭到尾到底誰給了妳希望？」

給了她希望的人徹頭徹尾就只有她自己。

說不出話的張念悠用著受傷的表情看著我，我的腳步停在距離她大約一個跨步那麼遠，我並不想傷害她，然而維持現狀對誰都不會有好處，她本來就不應該出現在這場遊戲之中。

參與這場遊戲的人，註定受傷。

「不要再做無謂的努力了，愛情是這世界上最無情的存在。最後傷害妳的，不是許浚辰，也不會是我，而是妳自己。」

「為什麼……」張念悠的淚水開始在眼眶中積聚，「明明都已經靠得那麼近了……而且我也真的覺得我們是朋友，為什麼到最後，不管是許浚辰或是妳，都像是從來不在我身邊一樣……我也不懂，許老師為什麼也會在這場混亂裡，因為不懂所以想要知道啊，如果弄清楚了，是不是就能回到一開始那樣……至少，還能像朋友一樣的相處啊……」

從來，我們就回不到過去。那些在盼望之中的原點，即使我們拚了命地到達原處，那也不會是起初的那一個開端了。

因為我們已經不再是那個時候的我們了。

「不管多麼留戀過去，都已經回不去了。」

我走回一開始所坐的位置，拿了書決定離開會議室，走過張念悠身邊的時候，有那麼一瞬間浮現「如果能給她一個擁抱的話」這樣的念頭，然而那樣伸手的舉動，才是一種給予絕望的開端。有了不可能的希望感，就註定在追尋的過程中受到傷害。

所以我收回目光，帶上會議室的門，留下默默流著眼淚的張念悠。

有些時候眼淚擦乾了就能重新開始，我想張念悠在離開會議室之後就會開始替自己的傷口上藥，但流不出眼淚的疼痛，因為不想讓其他人知道自己受傷，所以連偷偷擦藥都做不到。

我已經沒有辦法回頭了。

我坐在校門口附近的石階上，看著學生魚貫地離開學校，最後只剩下三三兩兩，像是鐘聲一響就開始把整個校園給掏空一般，不管是聲音或者生命，越接近夜晚就越近似於一座空城。

但我卻在等候這裡成為一座空城。

「可藍……」遠遠就看見許浚羽的身影，這個位置是不可能被他忽略的，打從一開始就是在等他，但我卻一動也不動地等他朝我走來。

「我只是想跟你一起走一段路。」

許浚羽凝望了我很久，就算是帶給對方困擾，也還是希望能夠得到這樣的凝望吧，所以我並不打斷他，就這樣任憑沉默將我們包圍。

「我送妳回家吧。」

許浚羽的回答全然在我料想之外，我安靜地望了他幾秒鐘，慢慢地站起身，我發現自己無法打從內心地微笑；其實現在的我真的很害怕，會不會在這段路的途中，就成為我和許浚羽的最後一段路？

「謝謝你。」然而無論如何，因為有許浚羽，所以我根本就沒有辦法逃離。

我和許浚羽雖然是肩並肩走著，兩個人之間像是隔著無論如何都無法跨越的距離，不過就是一個跨步那麼遠，卻因為是對於老師與學生而言太過適當的長度，而讓我看清在許浚羽的心中，仍舊無法卸下標籤。

「最近，還好嗎？」

「沒有特別的好或不好，大概，就是那樣吧。」

「最近阿辰沉默很多，我有點擔心，不管是他，還是妳。」

「老師真是個辛苦的工作呢，要擔心的事情還不是普通的多。」

我並不想像隻刺蝟一樣用這樣的語調這樣的內容回應許浚羽，然而在終於能夠離他那麼近的時候，我卻又害怕他的太過靠近，我要的不是同情的擁抱，也不是來自於「許老師」的安慰。從來我要的就只是許浚羽這個人。

但許浚羽看見的是孟可藍這個學生。

「可藍……」我知道許浚羽也很累，可能他的掙扎不比任何一個人少，然而如果我後退了一步，那一步可能就從此成為永遠的距離。「我不能不考慮阿辰。」

「許浚辰比你公平多了。」

「很多事情是沒有辦法公平的。」

許浚羽並沒有看我，而是把視線投向遠方不知名的一點。就連希望成為許浚羽視線的落點，都像是種奢望。

「也包括你的愛情嗎？」

「可藍……這並不是我能考慮的事情。」

「為什麼不能？」我閉上雙眼，讓自己陷入一片漆黑，就算看見許浚羽也只是比荒蕪還要淒涼罷了。「我不想逼你，我也沒有資格逼你，可是為什麼現在我的每一個舉動都像是一種逼迫……不只逼迫你，也逼迫自己……」

我的淚還是掉下來了，我不想張開眼，我害怕在他眼中看見感情，而讓自己又燃起更多希望，但卻也害怕在他眼中什麼也沒有看見。進或退都是難。只要有許浚羽都是難題。

「我真的不知道為什麼自己會這麼愛你……到底是為什麼要是你……」

許浚羽伸手拭去我的淚水，太過訝異因而我睜開眼，皺起眉心疼看著我的目光，可能要忘記這一瞬間的他的注目，需要耗掉的是我的一輩子。

「妳是我的學生。妳是阿辰喜歡的人。無論哪一邊我都不能跨越。」

「那你有沒有考慮過許浚羽的感受？你有沒有考慮過孟可藍的感受？為什麼我就必須因為這樣毫無道理的理由就被推開？」

「我不能去想許浚羽，也不能去想孟可藍。」他深深吸了一口氣，緩慢而低沉地說。「更不能去想愛情。」

站在路旁的我和許浚羽，就像是被遺棄在世界邊緣的兩個人，然而踏在界線之外的是我，在那中心仍有一股力量拉扯著許浚羽，即使我離他那麼近，即使只有一道白線的間隔，卻被分化在兩個徹底無法相容的世界之中。

光憑我一個人是無法對抗那一整個世界的力量的，就算是我的淚、我的愛，或者是我這個人。

「你有沒有曾經把我當作孟可藍思考過？」

「可藍……」

「你有沒有曾經把我當作孟可藍思考過？」我直直地望向他，「站在你面前的這個孟可藍，只是一個愛你的孟可藍，我沒有把你當作許老師，也沒有把自己當作學生，對我而言你就只是許浚羽，而我也就只是孟可藍……就因為我身上這件制服嗎？總有一天我會離開學校，但你為什麼離不開你設下的藩籬？」

許浚羽隔開的並不是我，而是他自己。

「就算我把你當作孟可藍，在我們之間還隔著一個阿辰。可藍，我沒辦法只考慮我自己，或者是我的愛情。」

因為在許老師的世界裡，有太多需要背負的責任，而這些責任之中，並不包含孟可藍。

12

我開始避開許浚羽。

就算是因為站在講台上而不得不見面，我也不看他。

如果能夠阻隔任何來自於許浚羽的目光，或許我就能一點一點說服自己淡忘曾經在他眼中讀到的感情，說不定其實只是錯覺，因為太過渴求所以錯以為自己曾經距離他那麼近。

其實一切都只是自己的想像吧。

許浚辰也不再提起許浚羽，也不再提起自己的感情，就像是不久前的那團糾結，全都被遺忘在角落，縱使知道糾結還是糾結，每個人卻都在逃避。又或者每個人都需要喘息的空間。

但就算是退開一步試圖汲取更多的新鮮空氣，也還是會有突如其來的角色蠻橫地想瓜分已經太過稀薄的氧氣。

楊靜如。新來的國文代課老師。只要有許浚羽或者楊靜如的課堂上，總會有學生戲謔地將兩人湊在一起，許淩羽一貫只笑不回應，這樣的笑容只會讓人解讀為默認，而一樣是帶著微笑否認的楊靜如，卻有更多耳語關於她的積極靠近。

這樣的一個存在，對許淩羽而言才是適合的對象吧。

「可藍……」

迎面而來的是並肩而走的許淩羽以及楊靜如，我只是看了他們一眼，我喊不出老師也說不出話來，所以我斂下雙眼直接離開，然而楊靜如似乎是嗅聞到我和許淩羽之間的不尋常，毫不浪費時間的在下一節下課就喊住我。

「妳是孟可藍吧？」

「楊老師有什麼事情嗎？」

「可以請妳幫我拿一些東西到辦公室嗎？我一個人拿不太動。」

我看了她身邊的教材，大概也是用著相同理由才讓許淩羽和她一起走向這裡，就算一個人拿也還是沒有問題吧，雖然會這麼想著，但只要對方開口了，似乎拒絕的舉動就成為一種無禮。

於是我安靜地拿起東西，並不與她並肩而行，而是稍稍落後她一個腳步，至少我不想站在她身邊想像著許淩羽曾經也站在這個位置。

然而楊靜如卻放慢了步伐。

「妳跟許老師很熟嗎？」差一點我就笑了出來，這樣太過直接的問話，到底她想得到什麼答案呢？

「許老師就是許老師啊，也沒有特別熟不熟，老師跟每個人都差不多吧。」我揚起笑容，「楊老師也是吧，對每個學生都很好啊。」

楊靜如仍然略帶懷疑地看著我，但卻跟著揚起笑容。「大概是我的錯覺吧，只是現在跟上一節下課遇見妳的時候，感覺不太一樣呢。」

「是嗎？」我讓自己的笑容燦爛到無懈可擊，「老師喜歡許老師吧，通常都會比較敏感吧，不過我可是學生啊，再說，學校裡哪個女生不喜歡許老師。」

「我跟許老師不是妳想的那樣。」但為什麼妳的笑就像是一種宣揚？

「真可惜，我覺得你們很合適啊，尤其是老師跟老師，這樣的關係不是特別對等嗎？」

「孟可藍。」在楊靜如要說些什麼之前，打斷我的笑容的是許浚辰的聲音，順著聲音來源看過去，視線的延伸站著的不只是許浚辰，還有許浚羽。

「許老師？這是浚辰吧，我有聽過許老師提起你。」

「我就說吧，許老師一定對楊老師有好感，不然怎麼會聊這麼多呢？」

「可藍妳不要開玩笑了啦，就只是閒聊而已。」

但我似乎忘了，許浚辰最討厭的就是我這麼燦爛的虛偽笑容。「楊老師，妳和我哥要怎麼樣，都不關孟可藍的事，不要拖她下水。」

接著許浚辰抓起我的手，似乎是要將我拉離這樣太過緊繃的現場，卻在他跨步之前，被許浚羽喊住。「阿辰。」

「怎麼了嗎？是我說錯什麼了嗎？」站在中間的楊靜如，充滿著問號卻得不到解答。

「感覺是另外一個張念悠呢，到底我孟可藍要當多少次的罪人才能夠贖罪呢？」我的笑容太過刺眼，連我自己也看不清自己。

「可藍……」是許浚羽的聲音，最後他卻轉向許浚辰。「阿辰，你跟可藍先回去上課吧。」

許浚辰面無表情地看了許浚羽一眼，最後不發一語地將我拉離有許浚羽在的現場，一步一步、遠離。然而我所看見的畫面，不僅僅是逐漸縮小的許浚羽，還有始終站在他身邊的楊靜如。

他的世界裡，總有一天會多了另外一個人，而那個人卻不會是我。

「已經看不見他們了，你可以放開我了吧。」

許浚辰並沒有放開我，而就這樣在走廊上旁若無人地拉著我走上四樓的社團教室，那些人的那些眼光，如果拉著我的是許浚羽，他所要承受的想必多更多吧。

然而就因為那些無謂人群的眼光，就移開在我身上的目光，不管怎麼想都還是不會甘心。

被捨棄的理由不是「我」。

「你到底想幹嘛？」

「我以為妳已經決定遠離許浚羽。」

「是楊靜如扯我進去的。我並不想找藉口，但怎麼往後退，都還是退不開，你說，該怎麼辦才好呢？」

許浚辰已經鬆開我的手，我用著太過平淡的語氣與淺淺的笑容這麼對他說著，只要這樣許浚辰就會感到很火大吧，說什麼不要我這樣勉強自己、不要扯出這種比哭還讓人煩躁的笑，但要退離許浚羽對我而言就是一種勉強，不笑的話我可能真的會當場崩潰大哭。

我還沒有勇敢到，可以看見自己愛的人讓另外一個人踏進他的世界。

「我知道這很痛苦，但是已經過了那麼久，妳也那麼近距離的接近他了，妳還看不清楚你們之間是不可能的嗎？」

我不想聽。就算知道是事實我也還是不想聽。

但許浚辰卻更加堅定、更加清晰地說出：「只要他還是許老師，他就永遠沒辦法直視孟可藍。」

「這是我的錯嗎？我只是愛他而已，我只是希望就算被拒絕，也是因為他不愛孟可藍，而不是因為他不能。」

「不管是不愛或者不能，結果都是一樣的。」

「我總有一天不會是學生。」我深深吸了一口氣，我感覺自己已經被逼迫到了臨界，不是被許浚辰，而是被軀體之中的那個我。

「但他永遠是許老師，而在他眼中妳永遠都是穿著制服的那個孟可藍。」

「為什麼連一點餘地也不留給我……明明他都已經伸出手擁抱我了，為什麼在給了我溫度之後，卻還要那麼痛苦地說他不能？」

「許浚羽就算愛妳，他也不可能給妳愛情。」

「為什麼他就不能只用著許浚羽的身分來看著孟可藍這個人呢？」

我知道對許浚辰哭喊這些話也不會有用，但到底為什麼呢？到底為什麼孟可藍就站在許浚羽的面前，而他卻只願意看見穿著制服裙的那個框架呢？

「就因為他是許浚羽。」

「可藍喜歡許老師嗎……？」不管是許浚辰或者我，都沒有預料到會有另外一個人跟著踏上四樓的階梯，然而張念悠，始終努力地讓自己成為每個人心中的那個意外。

「這世界就是這樣呢，想走進去的人找不到入口，不想讓她被扯進來的人，卻自己闖了進來……」

背對著張念悠的我並沒有回頭，我閉起雙眼，現在的我已經無法負荷更多的重量，然而只要這樣停滯，就會想到楊靜如正帶著笑和許浚羽說著話，那邊的那個世界裡，楊靜如正一步一步走向許浚羽，即使許浚羽離我只有一道界線的距離，但隔開的卻是兩個不同的世界。

「張念悠，可以請妳當作什麼都沒有聽見嗎？」

許浚辰在強求，也許其他的人因為不想涉入所以會緘口不語也不多加探問，但我想張念悠必然是方才廊上的目擊者之一，因而隨著許浚辰與被拉著走的我踏上四樓教室。她本身就是個想涉入的人。

想離開的人離不開，拚了命要讓她離開這團糾結的人，卻又努力地返回，讓這團糾結更加難解。

「為什麼？我不懂……我越來越不懂到底為什麼會這樣……」

「妳不需要懂，從來就不關妳的事，所以妳只要安靜離開就好。」這樣的話從許浚辰口中說出，張念悠必然感到很無情吧，然而她本來就不在這場愛情之中。

「所以每個人都知道嗎？不管是你還是許老師……」

終於我決定轉過身，直直地望向張念悠。「我是喜歡許浚羽，是啊，除了妳之外他們都知道，所以現在妳如願知道了，然後呢？妳想說些什麼嗎？還是自以為能夠做些什麼嗎？」

「可藍，對不起，我不知道……」

「為什麼要跟我說對不起？因為覺得我很可憐？因為我看起來很痛苦？為什麼每個人都希望妳全身而退妳卻還是拚了命想要攪進來？所以真的被牽扯進來之後又開始後悔？」

「孟可藍。」許浚辰拉住了我的手，阻止我朝張念悠走去，接著他用他的身體作為我和張念悠之間的阻隔。「張念悠，我還是那一句，從來就不關妳的事，所以不要再插手了。如果妳曾經把我或者孟可藍當作朋友，剛剛妳所聽到的，我希望就到妳為止。」

但並不會到此為止吧，我想。

最後張念悠安靜地離開四樓，幾近無聲的步伐，卻讓人有種恍惚的感受。

本來只打算遠遠看著許浚羽的我，卻因為不願意放棄任何一個可能靠近他的機會而掀起一陣漩渦，而這陣漩渦，不僅轉速越來越快、範圍越來越大，或許，翻覆的不只是我們這些人的愛情，還有青春。

十七歲的青春，那麼苦澀，卻又難以忘懷。

放學的鐘聲響完，整理完東西的我走出教室就看見倚在牆邊的許浚辰，自從下午他過於張揚的舉動之後，隨即竄起的流言蜚語因為當事人彼此都太過冷淡，而不了了之；然而此刻站在門外，明顯就是在等我的許浚辰，或許是刻意要讓投注眼光的眾人印證他們的推想。

我不知道許浚辰懷的是什麼心思，但這樣的傳言，很快就會傳到許浚羽的耳中吧。就像是許浚羽和楊靜如兩個名字被連結起來那樣。

才想著楊靜如，她就從對面走了過來，那為什麼想著許浚羽的時候，他就不會出現在我眼前呢？

「可藍，浚辰？」

並不是很想搭理楊靜如，所以不管是我或者許浚辰，都只是停下腳步，並沒有給她任何回應，連禮貌性的「老師好」我都說不出口。該死的我現在最痛恨的就是「老師」這個稱謂。

「我只是有點在意剛剛的狀況，我——」

「楊老師，」許浚辰毫不客氣地截斷楊靜如的話語，「喜歡我哥的話，就往他那邊努力，浪費力氣在我跟孟可藍身上是沒有用的。」

「浚辰，不是你想的那樣，我只是基於一個老師的立場——」

「老師的立場？那麼現在放學了，老師可以下班了。」

其實楊靜如也是無辜的吧，因為這麼對他說話的人，不只是學生，還是許浚羽的弟弟。

為什麼不在考慮愛情主體的對象時，就能把所有的面向攤在一起作為考量，想著「眼前的這個人不只是學生，還是喜歡的人的弟弟」，但為什麼在面對我的時候，許浚羽就不能考慮「這個人不只是學生，還是一個愛我的人」呢？

到底那些人所堅持的立場是什麼？

結果也都只是害怕來自於別人評判的眼光罷了。

「我做了什麼讓你們討厭的事情嗎？我——」

「楊老師，如果沒有什麼事情的話，我趕著回家。」

不想再聽楊靜如太過自我中心的話語，為什麼可以這樣高估自己的重要性呢？更何況，我也不想在同一天面對兩個「張念悠」。

其實我有想過，如果不是在這樣的混亂之中，或許我真的能讓張念悠成為朋友也說不定，然而如果終歸只是如果，事實就是我們站在混亂裡。

接著我就直接轉身離開，不久之後許浚辰就走到了我的身邊。「你有話想說，還是只是來避免我去等許浚羽下班？」

「我只是想陪妳回家。」

「怎麼連許浚辰也不像許浚辰了。」

「既然決定避開許浚羽，就斷得乾淨一點。」

「說不定就是因為刻意避開，反而更忘不掉許浚羽。」

壓抑的本身就意味著欲望的高漲，越刻意不去想許浚羽，卻在這樣的刻意之中，反覆地想起他。

「反正只要他還在學校，或者妳還沒畢業之前，是沒有辦法行走在同一個空間而乾淨忘掉他的；但至少，我不想讓妳繼續靠近他。」

「是為了我好，還是你的私心？」

「我的私心。」如果每個人都能像許浚辰這麼誠實乾脆就好了，「就算是為了妳好，也還是我的私心。」

「許浚辰，這樣下去你只會越來越累而已。」

「我不會比妳還累。」是嗎？大概我做得最正確的事情，就是從來沒有給過許浚辰希望吧。

最痛苦的事情並不是沒有希望，而是看見在微光中閃爍的希望，隱微卻確知它的存在，然而在那樣的忽明忽滅之中，也在胸口劃下一道一道傷痕。

在愛情的微光之中，我所能得到的就只有寂寞。

許浚辰就這樣安靜地陪我走著，總是在許浚辰陪著我的時候不斷想著許浚羽，對他而言是太過不公平的一件事，然而無論是愛情之中本來就不存在著公平，或者是牽連著三個人的線無論怎麼繞都繞不出去。

但又下不了俐落剪斷的決心。

「如果那一天不要到學校就好了，有的時候會這麼想呢，但後來又想，就算不是那一天，也還是會在某一天看見那樣的笑容吧。」

「現在想那些也沒有用不是嗎？」

「沒有辦法那麼坦然呢，如果可以像你一樣的話，大概已經走向逼近許浚羽，或是完全甩開他這兩條路徑之一吧，而不是停在這種不上不下，讓每個人都痛苦的現狀。」

「這並不是妳的責任。沒有任何人有必須勇敢的義務。」

13

不管怎麼用力把她推開，張念悠似乎都不想跨出去呢。

我今天並沒有到會議室也沒到四樓教室，把自己丟在這樣喧鬧的人群之中，就能掩蓋一些來自於內心的聲音吧，就算越喧鬧就越感覺寂寞，至少我不是一個人在空蕩蕩的房間之中聽著寂寞與寂寞的回音。

張念悠站在教室外面，雖然想拒絕她，但最後還是帶著午餐跟她一起走到體育館旁的無人階梯，我打開便當看見的還是一成不變的菜色，如果生活能夠一成不變其實也是一種奢望吧。

「我知道你們都不希望我繼續插手，但是我還是覺得，說不定自己能做些什麼……」

「妳想做些什麼呢？在裡面的任何一個人也都不知道該做些什麼了，妳不過就是個局外人，到底又能做些什麼呢？」

「許浚辰喜歡妳吧。」

「那又怎麼樣？妳想知道的，就是許浚辰喜歡我，我喜歡許浚羽，這麼簡單乾脆。」

張念悠看了我一眼，連打開便當盒的動作都沒有。「那、許老師呢？」

「這個問題應該直接去問許浚羽吧。」在我和許浚羽之間從來就無法單純地只考慮愛或不愛，牽絆著許浚羽的東西多得連我用盡全身氣力都拖不動他。

「昨天放學，我去找過許老師。」因為張念悠的這句話，我停下用筷子戳著菜的手，將視線移到她的身上，等著她話語的接續。「因為我想，許老師大概也很清楚你們三個人之間的關係吧，所以我就直接問他。」

「許老師沒有正面回答我，但是他對我說『愛情不只是兩人三腳，我們必須背負的東西比愛情多很多』，所以我想，許老師應該也很痛苦吧。我只是想對妳說對不起，之前還自以為自己是最痛苦的人，感覺被欺騙、被排除，但最後卻發現，自己本來就不在這個圈圈之中，又或者像妳說的，你們都努力地讓我全身而退，我卻把你們當作傷害我的人。

「可藍，對不起。我還是希望我們能夠是朋友。」

「就算許浚辰喜歡我也無所謂？」只要看著我就會想起許浚辰，為什麼要逼迫自己忍受這些？

「我想，總有一天我也可以把他當作一般的朋友吧，反正我本來就覺得不可能，只是因為製作校刊的關係，感覺自己能夠有機會，大概是錯以為機會就是希望吧，至少，我曾經離許浚辰那麼近吧。」

究竟我要到什麼時候，才能坦然地說出「至少我曾經離許浚羽那麼近」呢？

「如果不要遇見許浚羽就好了，偶爾會這麼想呢，但如果沒有遇見他，大概我們每個人就不會被牽扯在一起了吧。」

「我們，還會是朋友嗎？」

「妳還真的是打不死的蟑螂。」但是我笑了。

「反正我覺得不管是可藍或是許浚辰，都不是會怕蟑螂的人吧。」張念悠終於打開她的便當，很開心地吃起午餐。

說不定，張念悠真的是我們之中最勇敢的一個人呢。

我一直努力避開的許浚羽，卻在這個時候朝我走來。

許浚羽沒有喊住我，但我的腳步卻在看見他的那瞬間停了下來，我所盼望的畫面，也不過就是他這樣朝我走近。

「趕著回家嗎？」

沒有。我說。所以我和許浚羽就走到了離學校有段距離的公園，同一張長椅上，卻隔了一大段空白。我等著他開口。

「念悠昨天來找過我。」

果然是連鎖效應。只要一個開端，就會有一連串的接續，但到底接寫的內容是什麼，不管我們怎麼樣都還是無法完全預料吧。

「我知道妳很辛苦也很痛苦，阿辰也是，而這樣的癥結點就是在於我的擺盪吧，所以，可藍——」

「許浚羽。」我打斷了他將要說出口的話，真的說出口之後，就再也無法回頭了。

我知道他要說什麼，事實上我也一直為這一天做著準備，但真正面臨了這樣的場景，胸口翻覆的還是一句又一句的「我不想聽」。

「我知道你要說什麼，我也知道你的選擇終究只有一條路，所以不要說、不要真的對我說出口，我不想從你口中聽見那樣的話。」

「可藍——」

「可以再給我一點時間嗎？雖然知道這樣只會更痛苦而已，但至少，能讓我懷抱著希望長一點。」我說，「至少，讓我能夠用著愛情的眼光，好好地記下你的微笑。」

雖然我知道，不管時間切分在哪一個瞬間，我早就已經忘不了許浚羽的微笑，然而就算是多一秒鐘也好，我也希望能重疊不同時點的他的微笑。從來我們的記憶就不是單單的深度，而是我們反覆地在那樣的深度之中填上更多記憶，因而成為一個無法忘懷也無可替代的存在。

就算許浚羽不會成為我的未來，我還是希望將他深深銘印在所謂的過去之中。

「可藍，我沒辦法卸下老師這個身分，但如果我不是老師的話，也就不會踏進那裡。」他間隔了很久，像是下定決心一樣。「也就不會遇見妳。」

「打從一開始我就沒有把許浚羽當作老師看待過，第一天見到你的時候，大概就是因為那時候連你是誰都不知道，就已經記住你了。」

我苦澀地扯開嘴角，「本來以為能這樣安安靜靜地在講台下凝望著你就好，沒想到自己根本就無法安分，大概、只要一牽扯到愛情，人就會變得太過貪心也說不定。」

「每個人都是貪心的，但能夠表現那樣的貪心，是需要勇氣的。」

「是嗎？」我斂下雙眼，看著自己沾上不少灰塵的白色布鞋。「楊靜如也是個勇敢的人呢。」

「現在的我並沒有心思去考慮其他人，至少，我不希望讓妳承受那樣的畫面。」

「謝謝你滿足我小小的貪心。」

「大概，這是我唯一能夠以許浚羽身分為孟可藍做的事情了。」

我轉過頭看向許浚羽，我並不想在他面前落淚，卻因為這句話，壓抑許久的淚水一次潰堤。「能不能再讓我貪心一次就好？」

許浚羽望向我。

「能不能有一天，你能用著許浚羽的身分，看著孟可藍？只要一天就好……那一天，我就會下定決心放棄你。也放棄我的愛情。」

回到家我把自己拋在床上，盯望著好幾天沒有整理的書桌，我們的人生真的能夠像整理書桌一樣輕鬆嗎？

感覺只要把身邊的環境整理得越乾淨，就越能清楚體會到自己內在的糾結有多麼混亂，收拾著房間的時候、整理著桌面的時候，甚至連在擦拭餐桌的動作之中，佔據心思的都還是牽扯不清的線。

終究有人下定決心剪斷這一切了。

剪斷之後就沒有辦法重來了，但就算放任那團糾結，也永遠不會有解開的一天。

從開始轉動的那一天起，其實就已經預寫好結局了吧。只是我們都不願認清也不願承認，再多的努力都是白費，無法跨過去的我，等候著一個不願跨過來的他，這樣的相遇、這樣的對望，終究也只是化作一聲嘆息。

化作煙霧飄散的，不是我，也不是他，而是我們之間無法成就的愛情。

雖然天色已經轉黑，但我不想一個人待在房間裡，也不想面對爸媽和姊姊的笑容，藉口到附近的超商買東西，一個人就這樣在黑夜裡踱步，踢著路上的石頭，雖然必須很認真才能憑藉著路燈微弱的光源找到灰黑色的石頭，但真正用力踢出去的瞬間，就像是一併把自己軀體之中的什麼也踢開一般，我反覆地、反覆地這麼走著踢著。

許浚辰曾經說，雖然他的心中存有著希望我放棄的意念，然而他愛上的正是那個愛得那麼掙扎、那麼辛苦，卻還是努力去愛的孟可藍，如果哪一天，我真的能丟棄對許浚羽的愛情，那麼是不是也會失去那部分的孟可藍？

然而他最後說了，無論存不存在著許浚羽，在我軀體之中勇敢愛著而不輕易放棄的那個孟可藍，始終不會消逝，放棄不過意味著我終於能把許浚羽從當下的愛情中移除，讓他成為曾經。

所以孟可藍還是他所專注的那個孟可藍。

「如果那一部分的我永遠都不會消逝，那麼是不是也意味著，在我心中的許浚羽也永遠都會在？」

「我們根本就忘不了自己曾經愛過的人，尤其是妳愛得那麼掙扎的許浚羽，所以只要妳對他的愛情成為過去、成為妳的記憶，那麼在妳心中所期盼的那個許浚羽，就永遠不會復活。」

「即使我終於能剔除對許浚羽的愛情，那麼最終他還是會成為我愛情之中的缺口，那麼你是要拿你的愛情來填補嗎？」

「我的愛情就是我的愛情，並不是用來填補其他人的缺口，更何況是許浚羽。」

「沒有被填補缺口不就一輩子都會成為我的牽掛了嗎？」

我看著許浚辰，並不是想用他的愛情填補許浚羽造成的缺，只是任何一個試圖站在我身邊的人，早就已經被迫面對如此不公平的現狀。更何況是從頭到尾都參與其中的許浚辰，更何況他所要面對的是名為許浚羽的缺口。

「那個缺口是填不滿的。」沉默了好一陣子的許浚辰終於開口，「誰造成的缺，就只有那個人能夠填滿，既然許浚羽不可能給妳愛情，那麼那個缺口只是越填補越空虛罷了。」

「那你說，我該怎麼辦才好呢？」我輕輕扯了嘴角，「學著習慣胸口那個缺口的存在嗎？」

許浚辰毫不掩飾地直視著我，「妳只要學會接受，那個生命之中曾經遇見過許浚羽的孟可藍就好。」

我站在路燈下，回想著和許浚辰的談話，如果那個缺口大到足以讓我陷落那又該怎麼辦？那麼是不是又要期待著另外一個人伸出手將我拉出黑洞？這樣的愛情終究不會純粹，也不會公平。

那樣的愛情不過就是一種彌補。表面上被拯救的我也得不到救贖，可能連帶地將伸出手的那個人拖入黑洞。

即使是這樣，即使是看穿了這樣現狀的許浚辰，也還是堅定地伸出手了。

在愛情裡的每個人都是這麼愚蠢，愚蠢得讓人太過心疼。無論是我、是許浚辰，或是張念悠，甚至是不敢伸手的許浚羽，都各自在自己的愛情之中掙扎擺盪，這並不是一加一的簡單數學題，而是沒有標準答案的申論題，但我們卻交不了卷，因為我們的愛情並沒有讓對方拾起。

為什麼愛得那麼痛還是選擇要愛？

為什麼愛的只能是你不能是另一個捧著愛情趨向我的人？

愛情太過專一也太過單一，一個缺口只能填上一個人，貼上標籤的位置就算能勉強卡上，也永遠無法完美鑲嵌，也就註定永遠都無法完整。

所以那個名為許浚羽的位置，永遠、都會是個空缺。

14

天很藍沒有雲但風很大溫度很低的星期六。

無論如何我都會永遠記住這一天吧。在穿上外套的時候，看著鏡子裡那個白皙而有些冷漠的面容，沒有笑容的時候，才是真正能夠看清楚自己的時刻。這樣的孟可藍，卻是我想讓他看見的模樣。

沒有笑容的潤飾也無所謂，只要他銘印住最真切的孟可藍。

「冷嗎？」許浚羽看見我有些單薄的穿著，我搖了搖頭，即使在這樣的天氣我還是堅持要去海邊。

「不覺得冬天的海邊是適合說再見的地點嗎？」

淚一流下就能立刻被風乾，到最後自己也分辨不出來，臉頰上的鹹膩究竟是海風還是淚的痕跡，那麼就能告訴自己，其實並不是那麼痛，因為我並沒有哭泣。

我猜想今天會是唯一一天，許浚羽和孟可藍得以面對面看著對方。

「你知道，愛情的深度並不是取決於時間的長短或是相互擁抱的強度，僅僅是在某一個瞬間的某一個畫面，決定了愛情。」我說，「從來我就不相信一見鍾情，但真的就是那一個微笑，成為我目光的起點。」

「還記得嗎？第一次見面的時候，你問我教務處在哪裡。」

許浚羽點了點頭，兩個人就肩並肩走在黑色的沙灘上，海風比想像中的大，所以我耗費了很大的氣力在說話，但如果錯過了今天，也許、想說的話一輩子也都說不出口了，就算說出口，他也不會聽見了。

「就是那個太過燦爛的微笑。」

我並不想牽起許浚羽的手，也不想將距離拉得更近，這樣貼近又遙遠的空白，已經是愛情對我們彼此最大的寬容。

想愛而不能愛，之間的臨界也許就是那樣的空白，連零點零一毫米都不願意再後退，但也連一個隱微的傾近都不被允許。

「我一直覺得妳跟其他學生不一樣，說不定在念悠問我合適的校刊編輯人選時，我根本就連考慮也沒有就唸出了妳的名字。很多事情在我察覺之前就已經發生了，卻又在終於意識到的那一天感到不知所措。」

許浚羽第一次提起他的愛情，「我不只是一個不夠勇敢的人，也是一個不夠堅定的人，明明知道自己不能，卻又不去阻止，甚至，還會期待著妳發自內心的微笑。事實上我早就知道那已經超過我所能跨越的界線了，但擺盪在許浚羽和許老師兩者之間，我遲遲無法斷了這一條牽扯。」

「但是這樣的猶豫只會讓每個人更掙扎、更痛苦。」我沒有聽見許浚羽的嘆息，卻能清晰感受到他吐出的那一口空虛。

「有時候很嫉妒阿辰能那麼名正言順地陪在妳身邊，但卻又對懷有這樣心思的自己感到害怕，妳曾經說過，妳從來沒有把我當作許老師看待，我也、從來沒有把孟可藍當作學生。」

我停下腳步，看著緩慢往前的許浚羽，距離一個跨步之後，他也停下步伐並且轉身面向我。

風很大，但許浚羽的聲音一個字一個字用力敲擊在我的胸口。「但是我必須努力把孟可藍當作學生。」

「為什麼……」

「老師和學生並不是一條無法跨越的線，但是我們之間還距離著阿辰。」

「許浚辰並不會……」並不會成為我們的阻礙嗎？就像是因為有許浚羽的存在，所以我沒有辦法看清許浚辰，那麼同樣的因為許浚辰，許浚羽不能將目光投注在我的身上。

「因為他相信，我永遠無法卸下『許老師』這個標籤。」許浚羽並不留給我任何餘地，這是最殘忍卻也是最仁慈的做法。「所以從明天開始，就算要逼迫自己，我也必須把孟可藍當作學生。」

我不知道沉默在我和許浚羽之間流竄了多久，並不是一種寂靜，而是太多無法說出口的什麼在流轉，而終究我們也只能對望。

「至少，今天的你還是許浚羽吧。」

「可能這是對我自己愛情的最大讓步吧，如果能讓我以許浚羽的身分陪在孟可藍的身邊。就算是只有這麼一個下午。」

「那你知不知道孟可藍真的很愛很愛你。」

終於站在我面前的人是許浚羽。

「我知道。」

我的淚還是掉下來了，就算風那麼大也還是能清楚知道自己落淚，那些自欺欺人的打算，在凝望著許浚羽的同時，也全部被打散了。

就算是模糊了雙眼，我也不想移開我的目光。

許浚羽似乎是想拭去我被淚水沾濕的臉頰，卻又在刷過的瞬間頹然垂放而下，留下他狀似想像的溫度，以及光影。

「你可以給我一個擁抱嗎？我想好好記住終於能夠站在我面前的許浚羽。」

許浚羽跨過了那一段空白，也許踩踏在兩個世界交界之上的我和他，這是我們所能擁有最靠近的瞬間，他伸出手將我納入懷中，不是想像中的許浚羽，也不是一個同情安慰的擁抱，而是帶著愛情的他傳遞而來的溫度。

然而這一個擁抱，同時加深了胸中的那個缺口。

「可藍，對不起。」

「我不想聽你跟我說對不起。愛情裡誰都沒有錯，只是我們不是彼此對的那個人。」

愛的人，不一定是對的人。

「我不夠勇敢，看見那麼勇敢的妳就更覺得自己膽怯，不管是老師的標籤也好，還是阿辰這個弟弟也好，終究我還是把愛情擺在之後。」

「如果你不是老師，或許我不是學生，甚至許浚辰並不是你的弟弟，那麼你會愛我嗎？」

許浚羽沉默了很久，最後將我拉開他的懷抱，認真而太過哀傷地注視著我。

「會。」

然而那些如果，是具切橫在我們面前、我們之間的事實，所以這樣的問號、這樣的答案，也只是加深彼此的痛與遺憾。但無論如何我都還是想確認。

許浚羽能不能愛孟可藍。

「是嗎？」我苦澀地笑了，「謝謝你。」

到底這場賭注我是輸還是贏？

贏了愛情，卻輸給了現實，到底也還是什麼都不剩。

「如果回到那一天，就算已經知道會愛得那麼掙扎，我也還是會踏進學校。」

許浚羽從頭到尾沒有移開他的目光，當期盼終於變成現實的那一天，卻是我僅能有擁有的一天，並且同時粉碎了未來的所有盼望，愛情就是如此殘忍，卻又如此難以捨棄。

「孟可藍，」許浚羽低沉地喊著我的名字，「謝謝妳這麼愛著許浚羽。」

15□

日子並沒有太大的改變，只是我除了退開許浚羽之外，也拉開了和許浚辰的距離。現在的我只想要屬於一個人的寂寞。

無論是許浚羽或者許浚辰，因為三個人是綑綁在一起的糾結，就算照著鏡子看著自己的倒映也還是能輕易地想起，那時候的擁抱或者是那時候的話語。那是我唯一能夠記憶的貼近，卻也從那一瞬間起，成為最遙不可及的過去。

我想許浚辰也察覺了，因而他細心地留給我足夠的空間，我不再到三樓會議室或者四樓的社團教室，甚至連美術大樓的階梯也沒有踩踏而上，我避開圖書館，也繞開那條曾經和許浚羽並肩而走的路途，縱使不得不在固定的英文課裡凝望著他，卻也因此能夠更堅定地告訴自己，站在我面前的，從今爾後都只會是許老師。

我明白這是一種逃避，無法直視過去的人，是無法真正將那些過去化作記憶，然而私心裡我並不願意那麼快地將所有打包扔進名為記憶而無法更動的閣樓裡，就算是多一秒也好，至少讓我保留一個人的想望、保留一個人的愛情餘溫。

也許改變最大的，就是偶爾會在午餐時間和張念悠一起坐在體育館外的石階上吃午餐。

通常是張念悠的聲音，並不是不想搭理她，而是我們彼此平衡之後的結果；話題之中不會有許浚羽或者許浚辰，無論是我或者張念悠，即使做好準備但仍舊無法坦然地當作閒談。

或許就這方面而言，我和張念悠也是相似的。

我們都放下了太過努力的雙手，唯一還等待支撐的人，大概就只剩下許浚辰了。

「我和許浚羽，徹底不可能了。」先開口打破愛情話題封印的人，是我。

張念悠側過身並且望向我，放下手邊的動作並不立即回應什麼，她沉默了好一陣子，終於開口緩緩說出：「妳還好嗎？」

也許我們所等的，並不是太過熱烈的安慰或者擁抱，只要簡單一句，不重不輕卻用力撞擊胸口的話語，妳還好嗎？我們要的往往都那麼簡單。但有時候就是太過簡單，以至於連自己都不知道那就是自己需要的。

「不好。應該說是糟透了。」我扯開一個淡淡的笑容。

「那妳還笑得出來？」

「不笑，不然妳要我哭嗎？」

「哭有什麼不可以嗎？而且我身上都有帶面紙。那個時候我在家哭了一整天耶，最後還用一整袋的冰塊冰敷才敢出門。」

「我還沒有做好哭泣的心理準備吧，感覺只要一為這件事情流下眼淚，一切就真的成為過去了。」

「那、許浚辰呢？」

「不知道。」我望向飄過好幾片白雲的天空，「在許浚羽還沒成為過去之前，不管用什麼角度去思考許浚辰，對他而言都是不公平的，因為我看不清他，而他的身上也勢必沾染了許浚羽的印象。」

「不管是愛人或者被愛，都很辛苦呢。」張念悠像是在感嘆什麼一樣，喝了一口礦泉水，卻在吞嚥而下的瞬間說出：「即將衝出口的愛情，沒辦法那麼輕易就吞下去呢。」

「大概，這就是青春吧。」

「這種結論不是十七歲女生該下的吧。」

「除了年齡之外，我哪裡像十七歲了？」

「嗯……外表吧。」張念悠戲謔地對我揚起燦爛的笑容，因為彼此交錯的愛情，意外地將我們拉近，青春就是這樣相互交織的圖畫。「孟可藍，妳聽好，如果妳把我當朋友的話，就不要顧忌我。」

「嗯？」大概她指的是許浚辰吧。

「在考慮許浚辰的時候，就只考慮妳看到的許浚辰吧，至於曾經喜歡他，好吧、現在還是喜歡他的張念悠，總有一天會找到比他更好的男人，所以許浚辰就給妳了。就算妳不要的話，也不要把責任推到我身上來。」

「我才沒那麼小人。再說，我才不是那麼重情義的人。」

「有些時候妳真的很討人厭耶。」

我拉開嘴角的弧度，「沒辦法啊，這就是孟可藍。」

青春，大概就是這麼張揚吧。

因為沒辦法重來一次，所以就用力揮霍吧。

攪拌著檸檬汁和蜂蜜，在溶解的過程中其實那樣的畫面是很微妙的，琥珀色的蜂蜜融入透明但帶點混濁的檸檬汁裡，極甜和極酸的兩種組合，要找到吻合自己口味的比例時常都是運氣，就算加入了相同的分量，也可能因為氣溫或者攪拌的程度而產生偏差。所以說雖然喜歡蜂蜜檸檬汁，但我並不常喝。

在取名字的時候，把蜂蜜擺在前面大概是想強調那份甜味，但事實上基底是檸檬汁，大抵我們都喜歡把基底擺在名字的末端，像是珍珠奶茶或是百香綠茶，明明佔了絕大部分，但大多數的人在乎的卻是那小比例的佐料。

但不管怎麼說，檸檬汁還是檸檬汁。

大概愛情跟蜂蜜檸檬汁的狀態差不多，無論是比例的調配或是命名，似乎都努力地放大甜的味覺，而希望掩蓋酸的本質。然而檸檬汁才是本來想追求的面貌吧。

遇見許浚羽的我，那時候也許拿出了連自己也料想不到的勇氣，一口喝下完全沒有添加的檸檬原汁，連稀釋也沒有。

已經跨越了好幾個星期六，下了幾場雨，那時候的心情也終於被雨沖淡了一些，洗澡的時候也是、洗手的時候也是，告訴自己，身上屬於許浚羽的氣味就是這樣每分每秒在轉淡，等到有一天，這些具切的感官成為記憶的再現，那麼孟可藍就終於能夠回到只屬於一個人的孟可藍了。

那天筱清給了我一個擁抱，但我還是沒有哭，就像是在無論是看見愛情的遺體，或是參加愛情的喪禮，眼眶都還是乾涸而感情像是凝滯一般，也許我所等候的，是某一個終歸會來臨的瞬間，啪的一聲像是扳開開關，終於讓愛情的死亡流入心底最深處。

那個時候的我，也才能好好哭泣吧。

「感覺，很久沒有來這裡了。」

我倚在美術大樓四樓的欄杆上，許浚辰一如往常的坐在旁邊的階梯上，雖然沒有掛上MP3，但如果不在意這些細微處，就會湧生一股其實什麼都沒發生過的錯覺。

大概那是夢吧。也許在納悶之中會這樣告訴自己吧。

「嗯。」

「我跟許浚羽的事，你大概都知道了吧。」

「愛情是不能推讓的，但他的確是要我好好陪在妳身邊。」

「現在，唯一一個還沒鬆手的人，只剩下你了。」我並沒有望向他，「也不知道該說是意料之中還是意料之外。」

「不管怎麼樣，這就是現實。我並不會天真地以為等待就能得到自己想要的結果，但至少這樣的等待可以得到一個確切的答案，我等的不過就是一個答案而已。」

那時候凝望著許浚羽的我，也只是在等一個答案罷了。

「對不起。」終於我還是說出口。

「我知道。」聽見許浚辰毫無意外的回答，我轉過身將視線的落點移向他。

「就像妳很早就知道許浚羽的答案一樣，我也很早就從妳身上看見結果，但有些事，不到對方親口說出那天，就不想承認那是事實。」

「我知道這樣對你而言很不公平，但無論是我現在的狀態，或是糾結在一起的關係，都沒辦法讓我接受另一個人的愛情。在我還沒有辦法將許浚羽整理乾淨之前，回應任何一個人的感情都只會是傷害罷了，而且、只要看見你就會想起許浚羽，所以我不想，而你更不會想，在自己的身上疊蓋了許浚羽的影子。」

「所以我就說我討厭許浚羽。」

「但是我很謝謝你一直陪在我身邊。」我用力地吐了一口氣，「全部說出口了，感覺舒坦很多。」

我說，「至少，失去愛情之後，我還多了兩個朋友。」

「妳什麼時候變得那麼積極正向？」但許浚辰也笑了。

「我還沒有哭過呢，從愛情被宣告死亡那天開始。」

「既然哭不出來，就先大吼大叫吧，妳也很久沒有嚇樓下美術班的學生了吧。」

於是我倚著欄杆，用力地大叫：「去你的孟可藍，去你的愛情，去你的許浚羽，去你的孟可藍，去你的愛情，去你的許浚羽……」

「許浚羽，我愛你。」

幾乎是用盡全身的力氣喊出這一句話，封鎖在心中最深處的這一句話，壓得我不能喘息，也綑綁住孟可藍的愛情。

這句話就是開關。

我的淚水瞬間潰堤，許浚辰用力將我擁進懷裡，我不顧一切地大哭，如果能把心中的愛情心中的空虛一併排出，那麼連愛得那麼痛苦的孟可藍也可以一起沖走。

「孟可藍，我愛妳。」

在我的哭泣之中，隱約聽見許浚辰的聲音，我們都用著各自的方法哀悼著我們的愛情，總有一天我們會發現，我們的愛情並不是死去，而是在成為灰燼之後黏附在肌膚之上，成為我們這個人無法抹滅的一個部分。

那年我們十七歲。不管多久以後，這麼說著的時候，總會泛起一陣心疼，然後輕輕地想起，那時愛得那麼深的你。

寂寞的微光之中　We Are Most Alive When We Are in Love

後記

這篇故事和《忘了世界，也不會忘記你》是同時期的作品，都完成在二〇一〇年，相隔十多年才得以遞送到各位的手中，我想一定是有其意義的。

《寂寞的微光之中》某種程度上來說是《我們之間，隔著名為愛情的距離》的原型，都是一個女孩和兩個兄弟之間的情感糾結，但不一樣的卻是，孟可藍那一份想得到愛的衝撞與奮不顧身。

艾珍是內斂而現實的，孟可藍卻是一個拚命想對抗現實的人，對我而言，楊修磊其實也是另一個孟可藍。

年少的我以為愛情必須如此掙扎拉扯才得以證明，但現在的我卻衷心地期盼每一個孟可藍和楊修磊都能擁有一份平靜淡然的感情。

再者，這篇故事可能是我極為少數、甚至是唯一一篇關於師生戀的題材，說實話，比起禁斷甚至不倫，我更不喜歡師生戀；畢竟，比起一開始就明白知道

「不可能」的感情，一份看似艱難並且不被社會容許，卻又藏匿一絲微弱可能性的喜歡，更讓人難以承受。

這篇對我而言題材罕見、往後也不太可能碰觸的故事，儘管時隔多年才出版，但或許對熟知我的讀者來說也能算得上新鮮吧。

依然期盼各位能喜歡這個故事。

Sophia

寂寞的
微光之中

We Are Most Alive
When
We Are in Love

Sophia
作品集16

國家圖書館出版品預行編目資料
寂寞的微光之中／Sophia 著.
一初版.一臺北市：春天出版國際, 2023.12
面；公分.一（Sophia作品集；16）
ISBN 978-957-741-661-2（平裝）
863.57　　112003524

ISBN 978-957-741-661-2
Printed in Taiwan

作　者　Sophia
總編輯　莊宜勳
企劃主編　鍾靈
責任編輯　黃郁潔

出版者　春天出版國際文化有限公司
地　址　台北市大安區忠孝東路四段303號4樓之1
電　話　02-7733-4070
傳　真　02-7733-4069
E－mail　frank.spring@msa.hinet.net
網　址　http://www.bookspring.com.tw
部落格　http://blog.pixnet.net/bookspring
郵政帳號　19705538
戶　名　春天出版國際文化有限公司
法律顧問　蕭顯忠律師事務所
出版日期　二〇二三年十二月初版
定　價　245元

總經銷　楨德圖書事業有限公司
地　址　新北市新店區中興路二段196號8樓
電　話　02-8919-3186
傳　真　02-8914-5524